おしょうしな、少年の日々よ

「おしょうしな」は、山形県置賜《おきたま》地方の方言で「ありがとう」という意味です。
米沢地方でもよく使われており、実生活に根強く残っています。

目次

堤防道のある町で

坊主頭の少年が兎の両耳を右手で握り、尻を左手で支え、胸に抱えながら、はにかむように笑って写っている。セピア色に変色したこの写真を、恭平は書斎で古いアルバムを整理していると発見した。

「ああ、あのピョン吉だ」

故郷の山形で少年だった日々が、六十年の時空を超えて脳裏に鮮やかに蘇った。

いつものように月曜日の六年一組は、前日の遊び疲れや農作業を手伝わされた疲れで、朝から覇気を失っていた。だが、反省会が終わるやたちまち活気を取り戻し、下校後の遊びの約束が飛び交い教室は騒然としていた。

恭平は自席に座って机からカバンに勉強道具を移しかえていた。そこに担任の柴田先生が来た。

「恭平、もうこの町さ慣れたガ」

「あ、はい。慣れました」

高校の校長をしている父親の春の異動で、恭平はこの町の小学校へ転校することになった。

「あ、これ頼めッカナ」

柴田先生が太いゴムの輪で止めてあるノートを目の前に突き出してきた。

「信一ナダ」

連絡帳だった。信一は今日学校を休んだ。

信一の家は、この町では誰もが知っている小林医院だ。そして、その医院は恭平の通学路の途中にある。医院の近くを通って学校に来る同級生は他にもいるのに、柴田先生は連絡帳を恭平に頼んだ。

確かに転校して最初に親しくなったのが信一だった。隣の席になったということもあったが、この学校の生活のあれこれを信一が親切に教えてくれたからだ。下校時も方向が同じなので一緒に帰った。こうして、信一は転校して最初の親しい友達となっていた。

信一は五年生の時に学校をよく休んだらしい。時々喘息が出るのだと級長の進が教えてくれた。今日休んだ時、喘息が出たのだろうかと思い、

「五年の時の喘息が出たのだろうか」

と聞くと、進はことも無げに言った。

「ウンだべ。ンでも信一の家は医者で金持ちだし、あいヅは勉強もできッガラ、学校さナド来なくても何も心配いらねなダ」

クラスのみんなもそう思っているからか、信一が休んでも誰も気にしていなかった。柴田先生はそうしたみんなの態度を知っていて、恭平に頼みに来たようだった。

恭平が住むようになったこの町は、四方を山に囲まれた小さな盆地の中央にあり、山からの豊富な水が町中を巡り、たくさんの水路を潤しているような町だった。国鉄の路線が町の中央を東西に分けて走っていた。この路線で分けられた町の東側は商店も多く賑わっていて、西側は田園地帯が広がっている。

小学校は東側にあった。校舎はピンクがかった明るい色の洒落た外壁だった。盆地のどんづまりの山地で杉板の茶褐色の外壁だった転校前の小学校から見たら、都会の学校に見えた。初めて校舎を見た時、胸がどきどきしたのを覚えている。同じ東側には最上川の支流になっている松川があり、それを挟んで堤防が延々と続く。堤防の上には道があり、恭平は町の中を通らずに堤防の上の道を使って学校に通学していた。

信一と親しくなり、一緒に帰るようになってしばらくした時だった。信一の家の前で別れて少し行くと、川の方向に下る道があった。直感でこの道は堤防道に続くのではないかと思った。恭平が新しく住むようになった高校の官舎は堤防道を行けば町中を行くより少し近道になる。

「冒険だベチャ」

恭平はその未知の下り坂に足を運んだ。案の定、堤防道に出た。自分で見つけたこともあり、人や車の多い町の中の道路よりもこの堤防道が好きになった。

信一の家は、道路側に小林医院と看板がついた建物があり、その奥に黒い塀に囲まれた大きな屋敷が隣接している。学校を終えて恭平と一緒に帰宅した信一は、道路に面した黒い塀についた潜り戸から屋敷に入っていた。さらに黒塀を先に進むと立派な門があったが、御用聞きや家の者が出入りするための門ではなく、客用だと恭平にもわかる。恭平は黒塀の潜り戸から中に入った。

右側が医院の白い壁で左側は刈り込んだつつじが列を成し、中央に飛び石が並んで奥へと続いている。消毒薬の臭いのする診療室の横を通る時、看護婦たちの明るい笑い声がした。休憩時間なのだろう、談笑している白衣姿が窓越しに見えた。さらに進むと入り口らしい扉が見えた。その戸口は大きな南天が横にあり、その下に手洗い場もある。台所の勝手口のようだ。

恭平は戸口を軽く叩き声をかけた。

「誰が、居ねけガア」

四角い曇りガラスがはめ込まれた扉の内側から「はい」と返事がした。ドアが開いて和服の上に白い割烹着を着た老婦人が立っていた。小柄な身体の背筋をしゃんと伸ばして無表情で恭平を見た。

「あの……、信一君さ、連絡帳バ届けに来ました」

「あら、信ちゃんに」

無表情だった老婦人は小さな顔をにっこりと微笑ませた。そして、連絡帳を受け取ると言った。

「あなたが平賀くん。こんど来られた校長先生の、おぼっちゃんでしょ」

いきなり名前を言われ、その上「おぼっちゃん」などと言われて面食らい、

「あ、はい。ウンダッシ」

と答えるのが精一杯だった。すると、老婦人は「ちょっと待ってね」と言うと台所からつながっている広い廊下に出た。そして、二階に向かって「信ちゃん、平賀くんが来ましたよ」と呼びかけた。すると信一が階段をダダダダッと駆け降りて来る音がした。

なんだ信一、元気じゃないか。ずる休みしたんだろうか。

台所に現れた信一は春真っ盛りなのに、寝間着にちゃんちゃんこを着ている。華奢で色白の円い顔が老婦人と瓜二つだ。この人は信一の祖母だなと思った。

「恭平チャ、上がれチャ。見せたいものアッサゲよ。婆ちゃんいいべ」

「いいですよ。平賀くん、どうぞお上りになってください」

恭平は初訪問で、信一の勉強部屋に招かれることになった。大きなテーブルのある広い台所から廊下へ出た。すぐに階段が二階へと続いている。二階が信一の勉強部屋だという。

勉強部屋に足を踏み入れると、大きな本棚とそこにぎっしりと並ぶ図鑑や本、壁に張ってある世界地図、さらに椅子つきの勉強机、その上に置かれた電気スタンドや地球儀。

「信一の勉強部屋、すごい」

圧倒されている恭平に、信一は立派な双眼鏡を手渡しながら窓から見るようにと言った。

「栗林のボロ番小屋アンべ。その窓のアダリば見てミロ」

「なに見えんナダヤ」

「いいガラ。見てミロチャ」

初めて扱う双眼鏡だった。なかなか番小屋を捉えられず、背後の栗の木や手前の畑で芽を出し始めたトウモロコシを浮かばせたり消したりした後に、ようやく小屋の朽ちかけた屋根が見えた。屋根から下へと円形の画像をずらして窓にたどり着くと、いきなり猫が見えた。

「うわっ、猫だ」

「ウンダベ、猫だ。居んべ」

信一がそばでうれしそうに言った。

「昨日の日曜日にヨウ、退屈だがらテ双眼鏡で見て遊んでいた時に見つけたんだ」

自慢げに言う信一を見て、野良猫なんか見つけて何を喜んでいるんだと心の中で思った。

野良猫は、人の家に入り込んで食べ物を漁る。それを見つければ「この泥棒猫」と追い払う。だから、野良猫は人を見るといつでも逃走できるように身構え、猜疑心に満ちた目で下から睨みつけてくる。恭平は野良猫を見つけると、なぜか石を投げたい衝動に駆られる。実際に畑道や堤防の土手道などで、人を警戒し憎たらしい格好をする野良猫と遭遇して石を投げたこともある。

だが、双眼鏡でそこに見えている猫は警戒心がなく、壊れた窓枠にのんびりと身体を伸ばし、先だけが黒い茶色の尾を窓の外に垂らしてくつろいでいる。

「野良猫ナダガヤ。その辺で飼ってる猫でネエガ」

恭平が言うと信一がきっぱりと否定した。

「違う。今まで見たこともネシヨ。ほら、よく見て見ろ。首輪、はまってネべチャ」

確かに首輪をしていない。飼い猫ならたいてい首輪をしている。信一の言う通りこいつは野良猫だ。その野良猫が飼い猫かと見間違うほど穏やかに身体を伸ばし、のんびりとしている。人間に対する警戒心と猜疑心の塊が野良猫というものだ。それなのにこれほど間近に見ているのにのんびりしている。でもこの猫も人が近づいたら下から睨みつけて観察し、さらに近づけばパッと逃走するだろう。

双眼鏡だ。双眼鏡で見ているからだ。これはすごい。これでなら近づくと逃げる鳥や獣や虫などに気づかれずに観察できる。恭平は双眼鏡の威力を知って、野良猫のことより双眼鏡に興奮していた。

「これ見てミロチャ」

信一が画用紙を差し出してきた。

恭平は双眼鏡を信一に返すと画用紙を手に取った。髑髏マークのついた帽子を被った猫が胸に双眼鏡をぶら下げ、海賊船の船首に立っている絵が色鉛筆で描かれてある。

「おれ描いたナダ」

なんだ。学校を休んでこんな絵を描いて遊んでいたのかと思った。何でも買ってもらえて頭もいいから学校なんかに来なくても心配ない。進に聞いたことがふと頭に浮かんだ。

「コッカラ見ット、あの番小屋、まるで緑の海さ浮かぶボロ海賊船ミデダべ。あの猫がその海賊船の船長だと考えると、面白ろいべと思ったんだ」

確かに番小屋の手前の畑で新芽が出始めたトウモロコシが緑の海のように広がる。栗林の番小屋がその緑の中にまるで船が浮かぶようには見える。だが、猫が海賊船の船長だとは想像をし過ぎだと思った。

「あの猫は野良猫だがら海賊ミデダシナ」

「ウンダナ。野良猫は泥棒猫だガラナ」

それから数度、信一と一緒に下校した際、ピアノや英語のレッスンがない日に「上がって」と言われた。その時は喜んで二階の勉強部屋に上がった。そして、必ず番小屋の野良猫を双眼鏡で探した。野良猫はそこにいることもあったが、いないことの方が多かった。だが、何度かそうしたことが重なるうちに、野良猫はどうでもよくなった。近くの菜の花畑に飛んでくる紋白蝶、雨上がりに空に架かった虹……。普段見ている世界と異なった双眼鏡で覗き見る世界。それを楽しませてもらえるだけで十分だった。

信一の双眼鏡を借りてさんざん楽しんだ後、堤防の道を家路につきながら、恭平は双眼鏡を自分も持っていたらどんなに楽しいだろうなと、考えることもあった。

信一の家で双眼鏡から覗く世界に魅せられてから間もない頃だった。恭平は母に頼まれて小学校近くの雑貨店に自転車で買い物に行った。買い物を済ませ帰る時、帰り道を人通りのない堤防道にしようという気になった。いつもは小林医院の少し先で堤防道に出る道へ街角を曲がった。だが、小学校近くから堤防道へ出る道があるように思っていた。すると雑貨屋近くで川のある方角へ向かう道があった。この道もきっと堤防道へ出る。そう考え、自転車の速度を緩めてその道へ曲がろうとして「あれっ」と思った。曲がり角にある店の突き出した小さい飾り窓のガラス越しに、双眼鏡が見えたからだ。

急停止した。尻をサドルから外し、足で地面を押して自転車を後退させると、飾り窓の中に目を凝らした。中の飾り棚に、陶器の人形や壺に混じって、粗い黒の皮膜で手の握り部分が覆われている双眼鏡がどっしりと置いてあった。胸がどきどきした。信一の双眼鏡とそっくりだが、覗く筒の上下に蓋がついている分、信一のものよりも立派に見えた。二つの筒を橋のようにつなぐ部分に白い小さな紙が茶色の糸で結びつけられ、青いインクで「千五百円」と書いてあるのが読めた。

「えー、高ゲー」

恭平は思わず声を出してしまった。

転校前にいた町の秋祭りの時、露店で見つけた紙の箱に入った双眼鏡は三百円だった。だが、祭りの買い物のために持っていた所持金ではその双眼鏡すら手が出なかった。それなのに目の前にある双眼鏡はその五倍もする。店は藤井古道具屋と看板を掲げている。この双眼鏡は祭りの露店で売るオモチャなどではなく、海軍の軍医だった祖父から譲り受けたという信一の双眼鏡と同じ本物なのだと思った。いや、この双眼鏡は信一が持っているものよりもっといい物かもしれない。これが買えたなら、もう学校帰りに頼んで覗かせてもらわなくてもすむ。自分が双眼鏡を首から吊り下げ、自由にあちこちに出かけて気がすむまで覗ける。

「あれいいな。あれ欲しいな」

店を離れ、自転車で堤防道へと走る恭平の頭の中で繰り返し呟く声が聞え始め、双眼鏡と千五百円の青い文字が頭の中をぐるぐると巡った。母に頼んでみるか。でも、なぜそんなに高価な双眼鏡が欲しいのか。その理由を母に話す自信がない。

五年生の頃、友達の兄から千円でグローブを売ると言われた時も、ねだれば叱られると思い言い出せなかった。でも、頼みもしないで最初からだめだと諦めるのも癪な気がする。もう六年生だし、今回は言うだけ言ってみようという気が湧いた。

「よーし、かあちゃんサ言うぞ」

上り坂を立ち漕ぎで進み堤防道に出ると、強い風が川原を勢いよく吹きつけて来た。満開だった桜の花を無惨に散らす春の終わりの強風だ。自転車がふらついた。

「負けランニェ、こだな風」

風に逆らい自転車を前進させることが、母に双眼鏡が欲しいとねだる自分の勇気を鼓舞するように思った。風に抗い、自転車のペダルに力を込め一足ずつ漕いだ。

その日の夕食の時だった。父は町のお偉方による歓迎の宴会に呼ばれていて不在だった。恭平の父は酒が弱く、無理に飲まされると帰宅してから吐いたりしている。そうした父に母は、「酒は飲めないと断りなさいよ。無理して飲むことはないのよ」と厳しい。

「受けねどゴシャク人もいてそうもいがね」と、勧められた杯を断わると気分を害して怒るお偉方が多いので断れないらしい。それが社会の常識だと父は言って、飲めない酒を飲み、後で苦しんでいる。だが、母はそうした社会の常識など眼中にないかのように思ったことを遠慮なく言う。

そうした母だと知っている。だから双眼鏡をねだったらどういうことを言われるか予測できなかった。やっぱり止めるかと少し迷ったが、思い切って口に出した。

「おれ双眼鏡欲しいナダケ」

そばで一緒に食事をしていた姉が恭平を見て興味ありげな顔になった。「欲しい物がある」などと弟が言い出すことなどこれまで一度もなかったからだ。

「欲しいって言ったテ、その双眼鏡どこさあるナダヤ」

「小学校近くサある藤井古道具屋サ飾ってアンナダ」

「ナンボするの？」

「千五百円テ、値段ついてダ」

「ひえーっ、ソダニ高いのガ」

茶碗を持ったまま和恵がそれはだめだという顔で母の文恵を見た。すると文恵は顔色も変えずに言った。

「買ったらいいべ。お前が本当に欲しいんだったらな」

驚いた。母があっさりと買うことを許してくれたのだ。

「えー、千五百円もスンナダゼエ。それバ、恭平さ買ってヤンナダガア」

姉が驚いた声を上げた。

「買ってやるナテ誰が言った。自分で買えって言ったんだ」

母は本当に欲しいと思うなら自分の小遣いをせっせと貯めて買えばいい。そう言ったのだと説明した。

恭平は一遍に力が抜けた。「だめだ」と言うと思った母が「買えばいい」と、あまりにも物わかりがよすぎると思った。だが、やっぱり自分が思ったとおりだめだった。母は家族の生活に必要な労働を母親が全部やるのはおかしい。かあちゃんはお前たちが高学年になったら家事を手伝わせる。でも、それに対してはちゃんと駄賃を払う。そして、お小遣いは特別な時しかやらないから、普段の遊ぶ物を買うのは働いた駄賃を使うように。母はそうした考えを恭平と姉に話し、実際に実行していた。

姉は掃除や洗濯をしたり、調理を手伝ったり、来客へ茶菓子を運び、雑巾などを作ったりして駄賃をもらっていた。恭平も風呂の水汲みや父の靴磨き、停電時に使うランプの手入れや不意の買い物などを頼まれたりした時など、その度に五円を駄賃としてもらった。恭平が家事手伝いで稼ぐ金額はひと月で百円ぐらいになった。そのやり方で千五百円貯めればいいのだと母は言ったのだ。

恭平はこれまで漫画雑誌の『少年』と野球カードやメンコなどの遊び道具はそれで買っていた。学校で使うものや文房具代は母が別に渡してくれた。駄菓子類や特に不衛生なアイスキャンデーなどは一切買うことを禁じられていたから、毎月数十円ほど残った。全部穴あきの五円玉なので凧糸に通して台所の隅に下げていた。五年生の時からそうしていたので、五円玉の棒はかなり長くなっていて、金額にすると三百円を超えていた。だが千五百円の双眼鏡を買うにはあと千二百円不足だ。千二百円貯めるには毎月の駄賃を注ぎ込んでも一年はゆうにかかる計算だ。千二百円を前借りして一年かけて返せば可能だが、そんな申し出を母は許してくれそうもない。ちゃんと貯めてから買えと言うに決まっている。雑誌などの楽しみを一年間我慢するなんて、とても無理だ。そんなことはできっこない。

「ソゲナゴト、おら、できネ」

「ンじゃ、諦めるしかないべ」

と、母はそっけなかった。

なんだっ、大人はずるいと思った。頭からだめと言わないでおいて、できないことを言って上手く諦めさせようとしたんだ。

家の仕事を手伝って、その駄賃で好きな漫画雑誌の『少年』を買ったり、釣り道具やメンコを買っている。それを知っているくせに母は自分で金を貯めて、その金で双眼鏡を買えなどと言う。腹が立った。そしてふと、何でも欲しいものを買ってもらっている信一が頭に浮かんだ。

「ああ、コダナ貧乏な家さ生まれねバよかったケハア」

恭平は食器を片づけもしないで、憎まれ口を言いながら畳にひっくり返った。

「恭平、ナニダ。その態度は」

すぐに母の冷静さを装った声がきた。

感情を抑えたこの声、態度を改めなければ、その後に来るものが何であるか恭平はよく知っていた。頬を指で挟まれて捻られるか襟首を掴まれて尻をぶっ叩かれるかだ。

慌てて身体を起こして思わず正座した。憎まれ口でなく正直に不満を言おうと思った。

「ンだてヨ、貧乏な家ではヨ、欲しいもの何にも買ってもらえねもの」

「それは、ンだ。確かにオラエの家は金持ちではネ。ンでも、必要な物はちゃんと買ってやってるベニ。いいか恭平。自分が遊ぶので欲しいものバ親に買ってもらおうなんて楽なことを考える、その考えが善くねナダ。ンだがら母ちゃは言っててんなだぞ」

楽なことを考えているのではない。家のことを手伝って駄賃をもらい、それで欲しいものを買っている。でも、双眼鏡を買うのはそれでは無理だ。だから親に頼んでいる。それをできもしない無理なことを言って諦めさせようとする。そんな姑息なことをしないで「家は貧乏で高い双眼鏡など買ってやれない」とはっきり言えばいいと思った。

「ンでも、小林医院の信一は勉強部屋もあるし、図鑑とか何でも買ってもらってる。いい双眼鏡だって持ってンナダガラナ」

「なんだ、恭平。お前は小林医院の信一君のゴド羨ましくてソゲナゴト言ってんナダガ」

「ウンダベヨ。アソゴの家は医者で金持ちだサゲ、信一は欲しい物なんでも持ってンナダケガラナ」

母は黙ってしまった。だが恭平の言い分を認めた顔ではない。この子は情けないことを言うなあという顔だった。

「恭ちゃん、ソイズは違うな」

母と恭平のやりとりを聞いていた姉が口を開いた。

「優子さんから聞いたんでは、信一君はいい思いナバッカシしてねよ。逆に可哀想みたいなんだヨ」

優子は信一の姉で恭平の姉とは中学校で同級生だ。和恵がこの官舎に越してすぐに優子を連れて来たことがある。その時、恭平は玄関で父の靴を磨いていた。玄関の戸が勢いよく開いて「ただいまあ」と姉が入って来た。靴を脱いで玄関へ上がり、外に向かって「入って、入って」と声をかけた。

恭平が思わず立ち上がると、目の前に姉と同じ中学のセーラー服を着た華奢な少女が立っていた。小さな白い顔に笑みがあふれ大きな瞳が見つめてきた。

「こんにちわ」

声をかけられた恭平は、片方の靴とブラシを持ったまま挨拶も返せないで立っていた。

「友達バ、連れて来たケ」

姉が台所の母に声をかけると「上がって上がって」と少女を促した。

「お邪魔しまあーす」

優子は脱いだ靴を揃えると、姉とともに玄関から居間の方へ消えた。澄んだ声とほのかなシャボンの香りにどぎまぎしながら、恭平は立ったまましばらくぼんやりしていた。

優子が帰った後、信一の姉だと聞いた。不思議なことに、姉も転校して最初の友達が恭平と同じく小林医院の子どもだったのだ。

「可哀想って、喘息だからガア」

「ウンダ。でもその喘息は医者の仕事が大変だからなったんだと」

小林医院は、祖父と父親が診察し、母親も事務を担っていて、子どもたちのことなどかまっていれないほど多忙なのだという。それで祖母が住み込みのお手伝いさんとともに家事や食事の仕度をしたり、優子と信一の面倒を見ているのだという。祖母は弟を猫ッ可愛がりしたので、弟はすっかり婆チャン子になって気が弱く育ってしまった。小学校に上がって四年生までは優子が庇護したので上級生にいじめられないでいた。でも卒業すると、ちょっかいを出されたり、いじめられたりするようになって、信一は学校に行きたくないと言い出した。跡継ぎと期待している祖父は「やられたらやりかえせ。相手がもし、お前に怪我でもさせたら爺ちゃんが校長のところへ怒鳴り込んでやっから」と言って休むことを許さなかった。祖父の乱暴な説教を受けた夜に弟が喘息の発作を起こした。それから祖父に叱られるようなことにぶつかると発熱したり、咳が出るようになって信一は五年生の時によく学校を休んだ。

「ンだがら信一君は家でも勉強できるようにって勉強部屋をあてがわれて、学習図鑑とか勉強道具を揃えてもらったんだっていうガラ、自分が欲しい物バ何でも買ってもらっているって言うことではないと、私は思うナダ」

信一は学校に来なくても勉強ができるから。そう言った進の言葉の意味が姉の話でわかったように思った。

「優子さんナ、恭ちゃんが信一くんの友達になってくれたゴト、ウント喜んでインダガラ。信一君は恭ちゃんと友達になってガラ学校休まなくなったド」

「エ、この前の月曜に休んだよ」

「ああ、あれは学校でのことではなくてヨ、野良猫バ見つけて夢中になってしまって、英語塾さ遅れて行ったのが爺ちゃんに伝わってゴシャガレテ、夜熱が出たので用心のために学校バ休んだンダト。恭ちゃんが来てくれて婆ちゃんが大感激で優子さんに喋ったらしいよ。婆ちゃんバッカリデナク、優子さんも恭ちゃんバ気に入ってるミダイダぞ」

恭平は姉の話で母への言い分がどこかへいってしまった。家が医者で金持ちだから信一は何でも欲しいものは買ってもらえる。それに比べて自分なんかはと、ひがんだ気持ちになって母に不満をぶつけていたことが恥ずかしかった。そして、「優子さんも恭ちゃんを気に入っている」とからかうように言った姉の最後の言葉で顔が赤らむのを感じた。

その日から数日経った、学校でのことだった。

恭平は校庭の鉄棒で信一と進と三人で話し込んでいた。今度アメリカから来るプロ野球チームに日本のチームが勝てるだろうかと予想をしていた。

そこへ、茂がやって来た。

「誰ガ、兎バ飼わねガ」

自分が飼っている兎がたくさん子どもを産んだので飼わないかと言う。進はダメダメと顔の前で手を振った。

「爺ちゃん、許してクンネガラナ」

信一もだめだと悔しそうな顔で断った。

恭平もダメだと思った。兎などこれまで飼ったことがなかったからだ。

「メンゴコイゾウ。雪玉みでデ、目が桃色だガラ。おもちゃみでダゾ」

明確な意志表示をしなかった恭平に茂はさかんに勧めた。

「一回見に来てみろ。ゼッテ、飼いたくなっからヨ」

「なんぼスンナダヤ?」

進が聞いた。恭平は「えっ」と思った。茂はくれるのではないのだと気がついた。

「五十円だ」

「ソイズは、高いべ」

「高くねべ。育てデ冬前に売れば倍以上で売れるんだサゲ」

「半年も世話して倍ガ。ヤンダナ、おれは」

進の家は大きな酒屋だ。長男だから跡取りだ。もう商売人みたいなことを言う。

「何んにも売らねタテいいナダ。飼ってよ、メンゴガレバいいナダガラヨ」

「ああ、ペットにスンナダべ」

信一が英語で言った。

「ンダ。ペットミデにして飼えばいいんだガラ、まず、見に来いチャア。なあ」

茂は進を相手にしないで恭平に言い寄ってきた。

放課後にはクラスの男子は皆、茂の言いなりになる。そうさせるだけの面構えと体格だ。教室では勉強ができて教師に信頼がある進が皆を牛耳っている。だが、放課後は茂に逆らったら遊びの仲間には入れてもらえない。

恭平は越してきて算盤と書道に通い始めたが、そのどちらにも進がいた。剣道もやっているというから、進はそれで放課後にあまり遊べない。茂は放課後の遊び仲間を増やそうと、転校してきた恭平に兎の話しを持ちかけてきたのかもしれないと思った。

野球が好きな恭平は、茂の機嫌を損ねて放課後除け者にされてはたまらない。そう考え、放課後に兎を見に行く約束をした。

放課後、茂は恭平を家に案内した。茂の家は川の堤防に沿った場所にあった。学校から見て恭平の家とは反対方向だった。堤防道に出るのに桜の木に囲まれた校庭を横切り、畑道を三十メートルほど行くと堤防道に出た。

この堤防道への出方をすれば、官舎へ帰る道がひとつ増えると思った。堤防道を五十メートルほど歩くと、人が上り下りしてできた斜めの道があり、そこを下った。下りた所は林檎畑で、そこは茂の家の畑だった。雪が積もった様に白い花が散っている。林檎の木の下をしばらく潜っていくと、牛小屋に突きあたった。中に牛が数頭見えた。荷車や農具などが乱雑に入っている小屋の横に、大きな藁葺の家が建っている。そこが茂の家だった。

入り口にポンプ式の井戸があり、水の落ち口の下に埋められた平たい大きな石の上に菜っ葉を広げて年寄りが洗っている。茂の祖母だった。

「恭平チャだ。高等学校の校長先生の坊ちゃんだガラナ」

茂が大声で教えた。

「ありゃあ、ソイズは大変だア」

身体を後ろにそっくり返す様にしてびっくりした。何が大変なのかよくわからなかったが恭平は「こんにちわ」と挨拶した。

「兎バ飼いデナダド。ホンデ見サ来たナダ」

茂が婆さまの耳元で大きな声を出した。耳が遠いようだ。

茂の兎は牛小屋のそばで飼われていた。金網を張った林檎箱が七つほど並び、その箱の全てに兎がいるようだ。

「コイズだ」

茂は一番端の箱に手をつっこむと、小さな兎を一羽つかみ出して、恭平に渡した。いきなりだったので一瞬手を引っ込めそうになったが慌てて両手で受けとめた。両手に柔らかい毛糸のような感触を得た。真っ白い暖かい塊に薄く血管が浮いた小さな耳がついている。目がまるで桃色のガラス玉をはめ込んだようだ。クイックイッと両手に感じる暖かな動きが、オモチャではなく生きていることを伝えてくる。

「なっ、メンゴコイべ」

茂に言われるまでもなかった。恭平は両手の中の兎をうっとりと眺めて動けなかった。

「コイズ貸すガラ、入れて持ってゲド」

茂の弟の和男が竹で編んだ小さな籠を持って家の方から駆けて来た。婆さまに持って行くように言われたようだ。

恭平は慌てた。まだ買うとも言っていないのに、兎を運ぶ籠が目の前に突き出されたからだ。そんな恭平の動揺に構うことなく茂は兎を籠に入れるように恭平に言った。仕方なく籠に入れた。

「籠は明日学校サ持ってくればいいガラ。ゼニコもそん時でいいガラナ」

考えることも、待ってもらう余裕もなかった。

恭平は茂に強制され、父や母の許しもないまま兎を買い、家に持ち込むことになってしまった。それを母にどう言い訳するか考えながら歩いたせいか、すぐに家に着いた。

母は台所にいた。

「兎ば、友達がらもらってきた」

五十円で買ったと言えずに嘘をついた。母は恭平が差し出した籠を覗いた。

「あらア、メンゴコイ兎だゴド」

母が可愛いと言ってにっこりした。

「コイズバ大っきぐスット、二百円グレで売れンナダド。おれ、双眼鏡買うので小遣い貯めデッカラ、コイズバ大っきぐして売るべど思って、もらってきたナダ」

堤防道を帰りながら考えついた言い訳を一気に言った。

母はじっと恭平を見つめた。

「恭平、おめは本当に双眼鏡ば欲しくて、そのために兎ば飼うなだガヤ」

「ウンだよ」

「兎バ飼って大っきくスンのは大変なんだガラナ。その世話バちゃんとヤレンナダガヤ」

「ヤレッから言ってんなダべチャ」

「売るために飼うのは家畜バ飼うノド同ンナジで、ただ愛ンゴコイだけじゃっとまんないんだガラナ」

「わかってるサゲ」

母は、再び恭平をじっと見つめた。そして「ソンダラバ、飼ったらイイベ」と飼うことを許した。そして、箱は引っ越しの時に父の書籍を入れてきた林檎箱が物置きにまだたくさん積んであるのを使えと教えてくれた。さらに、父に頼んで兎箱を作ってもらうようにしろとも言った。

恭平は物置きから林檎箱を一つ玄関に運びその中にゴザの切れ端を畳んで入れ、その上に兎を置いた。籠と鎌を持って堤防まで走り伸び始めていた草を刈り籠に入れて戻った。

兎は与えられた草を小さな口で細かく噛みながら食べた。「濡れたものはだめだぞ。乾いた草ナ」そうしないと病気になるのだと母が教えてくれた。

中学校から帰宅した姉は、箱の中の白い兎を見て歓喜の悲鳴を上げた。恭平が驚く程のはしゃぎ振りだった。

「野良猫にやられネようにシネバ、ナ」

物置きから板を探してきて箱に蓋をしたのも、その上に漬物石を置いたのも姉だった。さらに、恭平が兎を手に取って眺めていると「アンマシいじると、兎弱っサゲ、ナ」と注意すると、兎を取り上げて箱に戻した。おれが五十円も出して買った兎なんだぞ。そう主張して自分の自由にしたかったが、姉にも母にも「友達にもらった」と言ってしまったので言えない。姉の指示に従って兎を箱に戻した。

恭平は帰宅した父に兎を見せ、飼育箱を作ってくれるように頼んだ。父は勤務する学校の用務員さんに頼んで金網の余ったものや材料になる木や板をもらってきてやるから自分で作れと言った。恭平は自信はなかったが「うん、作る」と言わざるを得なかった。

翌朝、普段より早く家を出た。

学校を通り越して茂の家に行った。籠を返し五十円を渡した。茂と一緒に朝食を噛みながら家から出てきた弟の和男が「よしっ、茂アンチャにキャンデーおごってもらえるベチャ」と満面を崩した。

夕方、大工道具と材料を持って用務員さんが父とともに家に来た。そして、あっという間に飼育箱を作ってしまった。庭の物置きの軒下に林檎箱を数個重ね、恭平の胸ほどの高さにして、その上に箱を置いて針金や釘で固定した。雨が入らないようにひさしまで箱につけて、飼育箱だけでなく、その置場まで作ってくれたのだった。

「この高さだと掃除や餌やりも楽だ」

そう言いながら恭平を見て、不精髭の大きな顔に笑みをつくった。

藤巻というその用務員さんは、夕食を父と食べ、ほろ酔い機嫌で学校へ歩いて帰った。用務員室に夜警も兼ねて一人で住んでいるという。

帰る時に「ありがとうございました」という恭平の頭を藤巻さんは大きく厚い手でそっと抑えるように撫でた。

「兎も命持ってる。世話をちゃんとしろよ」

日本が戦争に負け、藤巻さんが南方の戦場から東京に帰還すると、家は空襲で焼けて妻と子は亡くなっていた。東京から郷里であるこの町に一人で戻り、高校の用務員さんになったという。

「藤巻さんは再婚する気もないんだガラ」と母が話した。

「子どもが生きてイダラ恭平と同じ歳だ。材料もらうベガと思って話をしたらバ、作るテ言ってくれたのは、子どもバ思い出したからかもしれんな」

父がしんみりとした声を出した。

兎を飼い始めて数日後の日曜、優子が信一を伴ってやって来た。姉が学校で優子に話したら、弟を連れて見に行きたいと言ったのだという。信一には茂から買ったことを話していなかったので恭平は少し慌てた。

信一は春が終わり、夏の気配もしているのにマスクをしてきた。生き物は色んなバイ菌を持っているからと祖父に言われでもしたのだろうと思った。信一に悪いのでおかしいのをこらえて知らんふりをした。

「ワー、かわいい」

恭平は庭の飼育箱から兎を両手でそっと持って、縁側に座った信一たちへ運んだ。

優子が真っ先に歓喜の声を上げた。

「ネ、メンゴコイベ」

姉も弾んだ声を出した。

恭平は白覆面で目だけ大きく見開いた信一の膝の上にわざと兎を置いた。信一は「ウワッ」と声を上げながら、兎を両手で囲って身体を固まらせてしまった。その必死な様子がおかしくて笑う姉たちと一緒に恭平も笑った。

すぐに兎は膝からぴょんと飛んで、丸くなっている四人の頭の輪の中心に着地した。ぷくっと膨らむようにして静止している。

「名前は、なんてつけたの？」

優子が兎の頭をそっと撫でながら聞いた。

名前はまだつけていなかった。というより名前をつけるなどということを恭平は考えていなかった。

「ピョンがいいと思う」

と、信一が言った。ピョンと膝から跳ねたからと理由をつけた。でも、それじゃ名前にならないと言って「小雪」がいいと優子が言った。雪をそっとまるめたみたいだし、まだ小さいしと説明した。

「いい、いい。メンゴコイ名前だ」

と、和恵が賛意を示した。

「ピョンでなく、ピョン吉にする」

信一がまたピョンにこだわった。

「いいな。ソイズにスンべ」

恭平が大声で賛成した。

「ンだってヨ、コイズはオスだべ。コユキじゃ、メスみたいダベハ」

恭平は信一の肩を持つ理由を姉たちに言った。

「ほらほら跳ねろや、ピョンピョンはねろ。ピョン吉、ほら」

と、兎のおしりを押した。すると兎は本当に跳ねて信一の膝へ乗った。

「決まりだな」

信一がうれしそうにマスクのまま叫ぶと、両手で兎をすくい上げ、目の前にかざした。先ほどまでのおっかなびっくりな態度はどこかに消えていた。

「あんまりいじくり回すと兎弱って病気にナッカラ、もう戻せ」

姉の指示で恭平はピョン吉を両手で包んだ信一と庭に下りた。兎を飼育箱に戻して金網越しに二人で覗いた。

「恭平チャ、いいなあ。兎飼えて。おれなんかなんにも好きなゴドさせてもらえねガラ」

信一が本気と思われる声で親への不満を言った。

金持ちで、何でも好きな物を手に入れていると思っていた信一が本気で羨ましがっている。恭平はなんだか妙な気分だった。

「ンでもよ、兎飼うナ、大変なんだガラ。今はメンゴコイよ。ンでもよ、すぐにデッカクなって糞の始末や餌の世話スンのが大変になんだガラ」

恭平は母に言われた飼育の大変さを強調して信一に言った。なぜかそう言い訳をせずにはいられなかったのだ。

その日も月曜日だった。霜月という名にふさわしく堤防道の両端の草に真っ白い霜が降りていた。

教室に入ると、早朝の校庭で遊ぼうと早く登校した級友たちに混じって、いつもはいない信一がいた。白く奇麗な顔が赤味を帯びて興奮した面持ちだ。

「あの野良猫ヨ、子ども産んで戻って来たんだ」

恭平は何のことかわからないので信一の顔を黙って見つめた。

「ほら、春頃に双眼鏡で見た野良猫だよ。あの猫が子どもバ産んで番小屋サ戻ってきたんだ」

思い出した。

「ああ、あのボロ海賊船の船長の猫ガ」

「ウンダ。あの猫ダ。メスだったミデ、子どもバ三匹も産んでまた番小屋さ戻って来たナダ」

昨日、二階の勉強部屋で勉強をしていた時、疲れたので双眼鏡を使って青い空をのんびりと流れる雲や、少し前まで赤や黄色の鮮やかな色だった周囲の草木が寂しい茶褐色に変化している様子などを眺めていた。そして、何気なく番小屋を見ると、春に見た野良猫が子猫といるのを見つけたのだと信一は話した。そして、「放課後来て見ネガ」と恭平を誘った。

下校になるや、二人は信一の勉強部屋のある二階へと直行した。ランドセルを畳に放り出した信一がまず双眼鏡で番小屋を覗いた。恭平は三十メートルほど離れている番小屋をそばから眺めた。

トウモロコシは収穫を終え、家畜の餌用に刈り取られ運ばれて畑にはなく、春には緑の海だった一帯は土色の海に変わっていた。その土色の海に番小屋が朽ちた船のようにその全容を現わしている。背後の栗林も葉がほとんどなくなり、残った葉はくすんだ茶褐色に変色している。栗の実の収穫も終わっているようだ。夏と秋の農作業が終わり、人の出入りがなくなったので野良猫は越冬に番小屋に戻って来たのだろうと思った。

双眼鏡なしでは番小屋の細かい所はよく見えないが、伐採したのか木の束がちょうど窓辺まで積まれているのが春見た時と少し違っている。

「いたっ。チチャコイのもいる」

信一が勝ち誇った調子で声を上げると「見てみろチャ」と双眼鏡を恭平に渡した。

「窓の下。木が積んであるその上。ナッ、いるべ」

手渡された双眼鏡で恭平は信一の言う番小屋の窓の下を見た。

「いるナ。海賊の船長ド……、チィチャコイのが三匹だな」

どさっと横になっている親猫の回りで茶や黒や白の毛玉みたいな子猫たちがちょこまかと動き回っている。数えると三匹いた。

「冬越しにあの小屋サ戻って来たんだベナ。賢いもんだな。野良猫ッテ」

信一も恭平と同じ考えだった。農作業が終わったので番小屋に近づく人はなくなる。雪が積もれば番小屋に潜り込んで春まで親子で安全に過ごせるのだ。

「あいつらの天国だべチャ、これガラハ」

「ンデモ、雪降ったらネズミどか獲れねぐなっから飢え死にしねべガ。人に飼われた方が幸せだど思うげんどな」

「大丈夫だ。おれがこっそり餌運んでやっからよ」

「お爺さんに見つかったらゴシャガレねが」

「誰にも気づかれねようにやっから。楽しみができたぞ」

恭平と信一は番小屋を双眼鏡でかわるがわる観察しては喋ったり、信一の祖母が運んできたカステラを食べたりして小一時間ほど過ごした。そして「平賀君が遅くなると家の人が心配するから」との祖母の忠告で、恭平は信一の家を辞し家路についた。

堤防道には川原から冷たい風が吹き上がってきた。太陽は周囲の空を黄ばませながら遥か遠い朝日連峰の稜線に近づいている。周囲の家々にはまだ灯は見えないが、高校の校舎にだけはあちこちの窓に灯がともっている。高校の校舎が西側にある山の陰になり室内が暗くなっているのだろう。

恭平が官舎に通じる道に堤防道から下に降りようとした時だった。よれよれの戦闘帽を被ったずんぐりとした背格好の男が、荷台に大きな箱を乗せた自転車を押し上げるようにしながら上ってきた。この辺では見かけない男だ。

「オ晩デス」

恭平が挨拶すると「オウッ」と荒い息遣いで返答した。その男の自転車がすれ違う時に荷台の箱の中で、ガリガリと爪で引っ掻くような音がした。その時は「あれ?」と思っただけだった。だが、堤防の上に出た男が自転車を止め、西日を浴びながら煙草を吸い出し、あの男は何をしにこの集落に来たのだろうかと考えた瞬間に、恭平は「はっ」とした。そして、背中のランドセルを激しく揺すりながら堤防道から下の道路へつんのめるように走り下り、桑畑の中の道を官舎の方へ走り出した。

数日前だった。母が恭平に突然聞いた。

「恭平、貯金、ナンボ貯ッテンナダ?」

「八百円グレガナ」

「ンだか。昭一叔父さんがおみやげバ買ってコネガッタガラて、五百円バお前サ小遣いくれたガラナ」

母の兄の昭一叔父さんは県会議員をしている。その叔父さんが数日前に訪ねて来た。政治演説会で近くの町に来たついでに寄ったとのことだった。その時に「恭平と和恵に土産バ買ってこなかったので」と言って、金を母に渡したとのことだった。

「ナニヤー、五百円もガ」

恭平は叔父さんの気前の良さに驚いた。だが、姉には千円もくれたと母から聞いていると思ったからだった。「ナシテ違うナダヤ」と不満顔になった。昭一叔父さんは自分より姉の方をひいきしていると思ったからだった。そんな恭平の不満顔に頓着しないで母が明るい声で言った。

「恭平、兎が二百円ぐらいで売れればオメノ欲しがってダ双眼鏡バ買えるんでないガ」

茂に子兎を巧みに売りつけられて飼う羽目なった時、恭平は母に双眼鏡の代金の一部にするためだと嘘をついた。恭平は忘れていたが、母は忘れてはいなかったのだ。

「これガラ冬にナット、兎にやる餌集めるのも大変になるし、寒いがら世話が今までよりもっと大変にナッカラ。近所の人が兎バ買う業者がこの集落にも来て、家バ回るって言うガラ、来たら売ってヤッカラ。オスだガラ安いベガ、二百円ぐれにはなるって話だガラ」

母は近所の農家で兎を買い集める業者のことを聞いて、その業者が来たら家に寄るようにとその農家のお婆さんに頼んだらしい。

恭平が兎を飼い始める時に母は「今のうちはメンゴコイから皆でちゃやほやスッケンドモ、大っきくなるとそうはイガネグなる。動物バ生かして育てるっていうのは大変なんだガラナ」と言って、兎の面倒をちゃん見るようにと戒めた。

母が言ったように兎はどんどん身体が大きくなり、餌やりだけではなく、病気にならないように糞だらけの飼育箱の中を毎日掃除して清潔に保つことは楽ではなかった。さらに母は「ちゃんと始末シネド庭中臭ってハエがたかって、ソイズが家さ入ってクッカラ」と、庭の片隅に穴を掘って糞尿に塗れた藁屑を捨てその上に土をかけるようにと口やかましかった。恭平は自分が嘘をついた報いだと辛抱してがんばった。だが、夏休みになると恭平は茂たちと野球や川遊びに夢中になって、兎の世話を忘れた。

「約束したことば守れないようでは今度からはお前のしたいことば応援しねガラな」と何度か母に注意された。そうした夏休みも終わり、学校が始まり、運動会が終わり、そして冬の気配を感じる十一月になっていた。

ピョン吉は飼育箱が窮屈なほどに育ち、子兎の時の可愛さはもうない。だが、いつの間にか恭平の気持ちの中でピョン吉は飼育しているただの動物ではなくなっていた。ピョン吉という心の通じる生き物になっていた。

ピョン吉は、恭平が餌をやる時に催促するように箱を引っ掻いてから金網に顔を擦りつけたり、庭で掃除するために箱の外に出しても恭平の足下でじっと大人しくしていたりするようになっていた。

「ピョン吉は、おれに何してもらえるのかわかるンダナヤ」

ピョン吉に対するそうした感情の変化とともに、母についた嘘などとうに忘れてしまっていたのだった。

母にその忘れていた嘘を持ち出され「業者が来たら売るから」と言われた。

「アイズはオスで百円グレでしか売れネべガラヨ、売ってもお金はタラネガラ売らネデモいい」

恭平は売ることを渋った。だが、母は恭平の心境の変化に気がつくはずもなく、売ることを勧めた。

「雪でも降りだしたら世話が大変になるし、売った方がいいぞ。恭平は双眼鏡欲しくて兎バ飼ったナダべ。希望叶うべヨ」

母は昭一叔父さんの厚意も生かせるからと兎を売れと真剣だった。母が言うように双眼鏡が買えるのは恭平にも悪いことではない。恭平は「アア、ンダガ」と母に答えたのだった。

恭平は裏庭から駆け込み、飼育箱の中を覗き込んだ。恭平が近寄ると喜んで箱を引っ掻き、金網に顔を擦りつけてくるピョン吉の姿はない。

「やっぱりあれはピョン吉だったんだ」

うなだれて縁側に座ろうとした恭平の目に、古新聞の上の人参が目に入った。昨日母に頼まれ八百屋に行った時に、主人がピョン吉にと傷物の人参を三本くれた。恭平が兎を飼っているので、捨てるような屑物があったらもらいたいと話して時々もらっていた。昨夕と今日の朝に食べさせ、学校から帰ったら残った一本を夕方にやろう、そう思って縁側に置いておいたことを思い出した。

恭平はランドセルを縁側に放り投げるように置くと、人参を掴み、庭から堤防道へと全速力で走った。「まだいろよ。煙草吸ってまだ堤防道にいろよ」と喉の奥が叫んでいた。桑畑を出ると堤防道が見渡せた。箱を積んだ自転車が黒い台のような堤防の上を町場の方へ移動して行くのが見えた。「待って」という声が口から出ない。恭平は堤防道に這うようにして上りだした。早く早くという気持ちと足の動きが合わない。ようやく堤防の上に出た。

白く続く堤防道の遠くを荷台に箱を積んだ自転車が西日を浴びながら町場の方へ行くのが小さく小さく見えた。もう走っても声を上げても届かない所をさらに遠ざかって行く。やがて、町の方へ下ったのかふっと姿を消した。

急に風が河原の方から吹いてきて足下の枯れ草を揺らした。いつかはこうなるとわかっていた。でも、別れる時にこんな気持ちになることは知らなかった。恭平は最後の別れに食べさせたかった人参を握りしめて、残照を浴びながら堤防道に佇んでいた。

アジサイ山から

1

六月に入って雨の日が続いていた。八十歳ともなると何をするのにも決心が必要で、雨の日などはその決心をさせることも少なくなる。晴れた日なら庭いじりでもと動き出すのだが、今日も雨だ。恨めしいような気持ちで窓ガラス越しに庭を見ると、紫陽花が青く花色を増しているのに気がついた。

「雨の中で元気なのはアジサイばかりだな」

そう呟いて、紫陽花の青い花色をじっと見つめた時、その青い色が哀しく感じる記憶が不意に蘇った。戦後間もない少年だった頃に自分が起こした事件だった。

「あの時のヨウコちゃ、どうしたべがな」

恭平は遠くなってしまった故郷の言葉でひとり呟いた。

三人は紫陽花の花群の中に潜んで、眼下に見える広場を息をこらして見つめていた。

そこでは、思いもかけないことが次から次へと繰り広げられていた。

恭平と進と茂の三人がしゃがみ込んでいるのは、この町でアジサイ山と呼ばれている紫陽花の木で覆われた小さな丘だ。

三人は広場の横に並ぶ町営住宅で、一番アジサイ山に近い家の赤いトタン屋根めがけて一斉に石を投げた。数分前のことだ。子どもの掌に入るほどの小石だったが、恭平と茂の石は屋根に当たり、カラカラと音をたてて転がり落ちた。だが、進の石は屋根に届かずに庇をかすめ窓ガラスをカシャンと抜いて家の中へと消えた。

慌てて紫陽花の海の中に身体を沈めた三人は、お互いに顔を見合わせた。茂が失敗を咎める目つきで進を見た。

「汗で滑ったけ」

進が細い顔を歪めて言い訳をした。

その時だった。

赤いトタン屋根の家から上半身裸の白人の大男が、金髪を振り乱して飛び出してきた。

「ジョージだ」

思わず恭平が小さく叫ぶ。

そして、ここから三人の想像を超えたことが、それこそ映像を早回しているように起きていった。

ジョージは家の前の広場へと突進していく。にぎやかな声をあげて遊んでいた子どもたちが、走ってくる上半身裸の異様な大男に気がついた。そして、凍りついたように声を飲み動きをを止めた。広場の中央まで走り出たジョージは、黒い物を握った左手を空に突き上げ仁王立ちになった。

「パーン」

空気が破裂するような乾いた音が広場に鳴り響いた。

「うえっ。ピストルだべ」

進が恭平のそばで驚きの声を発した。

広場の隅々まで響いた破裂音の振動が止むと、子どもたちが悲鳴をあげて蜘蛛の子を散らすように広場から周囲の家々に走った。

と、赤い屋根の家から黒い髪を振り乱したシミーズ姿の女が飛び出してきた。

「浪子さだ」

喉の奥で恭平が唸る。

浪子は広場の中央で両腕を振り、大声で喚き立てているジョージに縋りついた。そしてなだめるように語りかけながら、両腕でじりじりとジョージの身体を押して家の方へと誘導していった。ジョージの喚き声も興奮した素振りも止み、二人は玄関から家の中へと姿を消した。

無人と化した広場は不意に静寂に支配され白々とした空間になった。その静寂を乱すように広場の周囲の家々から、驚愕した顔の大人たちが広場の方へ集まりだしている。

赤い屋根の家の前に停めてある深緑のジープのそばに立ち尽くしている女の子が見える。

「洋子だ」

恭平は目を凝らした。

洋子は顔に手の甲を押し当て、口の開いた顔を上下させている。声は聞こえてこないが泣いているのがわかる。

「行くべはっ」

進の切羽詰まった声が耳元でした。恭平は洋子が気になったが、二人が慌てたように動き出したのでそれに従った。

三人は茂を先頭にして広場の反対側の方へと、紫陽花の青い花群を泳ぐように掻き分けながら丘を駆け下った。

丘の下の道に出て三人はぎくりと足を止めた。そこに人がいたからだ。キャンバスを立てて絵を描いているその人が、春男だと恭平はすぐに気づいた。春男を知らない茂と進は顔をそむけるようにしてそのまますれ違った。恭平も気づかない振りをして前を走り抜けた。ちらっと盗み見た春男の顔に「あれっ」といぶかる表情が浮かんでいた。

三人はアジサイ山を迂回する小道を走り、近くにある神社の裏へと続く狭い石段を一気に駆け登った。そして、社の床下にある三人の秘密基地へと身体を滑り込ませた。

座り込むと三人は一緒に大きく息を吐き出した。恭平はその時になって着ていたランニングシャツが汗でぐっしょり濡れていることに気がついた。進と茂のシャツも二人の身体にべったりとへばりついている。

「たまげだなや。ピストルぶっぱなすとはな」

進が赤い唇を震わせた。

「おめが窓ガラス割ったがらだべ。おれだが投げた石が屋根で音したぐれで、あそこまでごしゃがねべよ」

茂が言うと進はうなだれた。

「進がドジやったさげ、騒ぎになったがらな。石投げだな、おらだだとわかっとまずいべ。さっき道さいだ人、誰がに言うべがな」

茂が不安そうな声を出した。

「あの人、酒屋の神経病みの人だべ。おめの親戚でねが。知ってんべ」

進が言う通り、アジサイ山から駆け降りた時に出会ったのは、母の親戚の春男だと恭平はわかっていた。春男は戦争中に中国大陸の戦地で神経衰弱を患い帰国した。それ以来、戦争が終わった今でも春男は家族ともあまり話をしない。何度も会っている恭平だが言葉を交わしたことはない。

「あのハルオさだば、神経衰弱で誰とも喋んね人だがら心配いらね」

春男を知っている恭平が言うと、二人はほっとしたような表情になった。

「いま少しここさ隠れていんべな」

広場の騒ぎが静まるまで秘密基地に隠れていようと進が言い出して、三人はそうすることにした。

茂はすぐに新しい漫画雑誌を読み始めた。すると、進は茂に隠れるようにして恭平に顔を近づけるとささやいた。

「あの二人よ、裸みでな格好だったべ。あの二人、やっぱりヤッテだ。そう思うべお

め も」

恭平は顎を引き、進を睨みつけた。答えないで歯を噛み締めて黙っていた。

どうして進はいやらしい想像ばかりするかと腹が立った。ジョージと浪子は進が考えるようないやらしい関係じゃないんだ。ちゃんと結婚するんだ。母からそう聞いているし、自分もそう思っている。それに家に石を投げたのも進のように、面白半分からじゃない。家の外で洋子がひとりぼっちで遊んでいるのを見た瞬間に、浪子が子どものことを何も考えていないように感じて憎らしかったからだ。「母親のくせに何してんだ」と、怒りが破裂したからだ。でも、やるんじゃなかった。あんな騒動になってしまった。

石を投げたことが町内で騒動となり、母に知られたらただではすまない。恭平は後悔していた。そして、反省もなく、ふしだらなことを口にする進とは、口をききたくなかった。

恭平が話に乗ってこないので進も漫画雑誌を読み始めた。

進も茂も浪子や洋子と何の関係もない。だから、こんな騒ぎになっても、平気で漫画本なんか読んでいられる。だが、自分は浪子も洋子もよく知っている。

そう思ったとたんに、広場の隅で手の甲を目に当てて声も無く泣く洋子の姿が目に浮かんだ。胸の奥でざわっと冷たい風が吹いたような気がした。何かとんでもないことを自分はしてしまったのではないか。

恭平は、しばらくはそばの二人のようにマンガ本など読む気にはなれなかった。眼下に広がる初夏の田園風景をぼんやり眺めていた。

2

春が本格的に到来したことを告げるかのように、町中の桜の木で蕾がほころび始めた頃だった。

恭平は級友たちと小学校の校庭で野球をした帰り道に、いつもの道順と違う道を選んだ。通学路から外れた横道を帰ろうと、ふと思いついたからだ。

恭平が学校から家に帰りカバンを自転車小屋に置いて、再び学校に自転車で取って返す時に母は家にいなかった。

「今日は町営さ引っ越す人ば手伝いに行ぐさげ、お前が帰っても家さ居ねがもしんねぞ」

朝、登校する時に母はそう言っていた。

通学路から外れたこの横道を帰ると、母が引っ越しの手伝いだと言って出かけた先の町営住宅の前を通る。もう夕方なので、母はすでに家に帰宅したかもしれない。だが、恭平は行ってみる気になった。それに自転車だ。少し遠回りしたい気分もあった。

横道を斜めに数十メートト行った曲り角にちょっとした広場があり、その広場の奥に赤いトタン屋根の平屋の住宅が二十軒ほど並んでいる。母が引っ越しの手伝いに行った町営住宅だ。

広場の入り口に大きな桜の大木がある。大桜と呼ばれて町中に知られている銘木だ。そばにこの大桜を詠んだ地元の歌人の歌碑が立派な土台つきで建っている。この桜が満開の時には、町からだけでなく遠方の町村からも見物人がくる。

この広場には町営住宅や周囲の家々の子どもたちが集まってきて遊ぶ。石蹴りやゴム跳びなどで遊ぶ女子や、野球をやる上級生の男子に校庭を独占された下級生の男子がきてドッジボールなどをして遊んでいる場所だ。

恭平は柵で囲まれた大桜の横を広場に入った。広場の中央まで進んだ時だ。夕方なのでもう誰も遊んでいないと思っていたのに、一軒の住宅の前で遊んでいる数人の女子の姿に気がついた。

広場の端にこの町で「アジサイ山」と呼ぶ小高い丘がある。その丘の崖下まで住宅が並んで建っている。その一番端にある家の前に深緑の進駐軍のジープが停まっていて、そのそばで数人が遊んでいる。ままごと遊びをしているようだ。

恭平は走っている進駐軍のジープはよく見かけたが、停まっているのを見るのは初めてだった。よく見ようと近づいた。

車の横でままごと遊びをしていたのは茂の妹の秀子だった。一緒に遊んでいるのは秀子にいつもつき従って遊んでいる二人で見知った顔だが、一人見かけない幼い女の子がいた。その子に招かれているような形で秀子たちが敷かれたゴザに座っている。

スカートの端をズロースに挟み込み、自分の背よりも高いゴムを逆立ちして越えるような遊びばかりしている秀子たちにしては、幼稚な遊びをしている。どこか不自然な感じがした。

自転車で近寄ってきた恭平をちらっと見て秀子が意味ありげに頬を緩ませた。何か魂胆がある顔つきだと感じた。

恭平は自転車を止めずに方向を変えた。

町営住宅造成の際に出た残土でできた小高い丘に、誰が植えたのか一面に紫陽花が群生している。丘一面に紫陽花の花が一斉に咲くと、一番多い群青色が際立ち青い山のように見える。それでだろう「アジサイ山」と町の皆がそう呼ぶ。紫陽花はまだ葉をつけていないので今は枯れ木の山だ。

恭平はそのアジサイ山の縁に沿って自転車をゆっくりと走らせ、大桜の方へと向かった。大桜は枝に無数の蕾をつけ、そのいくつかはもう咲いている。あと数日したら、サクラの花が大空に噴き上げるように満開となるはずだ。

恭平が再び向きを変えて秀子たちの方へ向かった。すると、ジープの停まった家の玄関が開き、カーキ色の鶏のとさかのような帽子を被り眼鏡をかけたアメリカ兵と華奢な若い女が出てきた。

秀子たちが恐れる様子もなくアメリカ兵に何か言っている。

「チョコレート、プリーズ」

言い寄る秀子たちには構わず、アメリカ兵が女の子を抱き上げて言葉をかけている。

「ヨウコ、イイ子ダッタネ。ヨカッタネ、遊ンデモラッタノハ」

若い女が秀子たちに何かを渡した。

「サンキュウー」「おしょうしなっ」

秀子たちが嬉々とした声を上げ小躍りしながら、恭平が自転車を止めて様子を見ている横を駆け抜けて去った。駆け抜ける時、秀子が恭平に「サンキュウー」と言ってチョコレートを握った手をひらひらさせて笑った。

なにか魂胆があると思っていたが、これだったのか。アメリカ兵からチョコレートをせしめようと、秀子たちはあの女の子と遊んでいたのだ。兄の茂が「おれだ貧乏人は頭ば使わねどいい思いなどできね」と、時折口にする言い分と似た言動だと感じた。

自転車のハンドルを左に曲げて地面を蹴り、もう一度丘の縁を走って大桜の下にきた。そして、再びジープの方に目をやると、アメリカ兵と若い女が抱き合い口と口を合わせている。大人の男女が接吻しているのを実際に見るのは初めてだった。見てはいけないと思った。

恭平は慌てて広場から横道に出た。そのまま後ろも見ないで、自転車を家に向かって全速力で走らせた。


翌日のことだった。

「こんにちは」

玄関の上がりに腰をかけて父の靴磨きをしていた恭平の頭の上で、ふいに奇麗な標準語の声がした。顔を上げると開けてある玄関口に昨日広場で見た幼い女の子と若い女性が立っていた。

「ええっ」

恭平は、靴とブラシを落とすように床に置くと立ち上がった。

「お母様おいでになる?」

事態を飲み込めないでぼうっと突っ立っていた恭平は、また声をかけられた。

「あ、はい。居たけ」

恭平は慌てて玄関から台所に走った。なぜ昨日のアメリカ兵と接吻をしていた女が自分の家にきたのか? 頭が混乱していた。

「誰がきたなだべ?」

要領の得ない恭平の説明に首を傾げると、母は割烹着の裾で手を拭きながら玄関へ出ていった。

台所で様子を伺う恭平の所まで女と話す母の声が途切れとぎれに聞こえてきた。

「あら、そんなごどしてもらわなくても……、疲れだべ……、そうだがあ、よかったごどなあ。……夏までですから、狭いでしょうけども辛抱してください。……明日から待っているからね、ヨウコちゃん。……はい、バイバイ」

玄関から台所に戻った母から聞いてわかったことは、昨日引っ越しの手伝いに行ったのが、高橋浪子という訪ねてきた若い女の所だったこと。その浪子の子どもの洋子を、明日から恭平の家で夕方まで預かること。今日は母と子で下見を兼ねて来訪したこと。チョコレートと缶詰めを昨日の引っ越しの手伝いのお礼だと言って持ってきたことだった。

母がなぜ浪子の引っ越しを手伝ったか。どうして子どもを預かることになったのか。そうしたことは何も教えてもらえなかったし、恭平もそんなことを知る必要もなかった。それよりも、もらったチョコレートがうれしかった。そして、長い髪とよく通る声の浪子とアメリカ兵が接吻をしていたことの方がひどく気になっていた。

それで恭平は、昨日の夕方に母がまだいると考えて向かった町営住宅で浪子の所へアメリカ兵がきていたのを見たと母に言った。もちろん接吻をしているのを見たことは話さない。

「ああ、ジョージがあ」

母はことも無げにアメリカ兵の名前を言った。そして、アメリカ兵がきていた訳をこう話してくれた。

浪子は隣町にある進駐軍のキャンプで働いているのうちにジョージというアメリカ兵を好きになり結婚することになった。夏には横須賀という所へ浪子と洋子とジョージで引っ越し、結婚式を挙げる。そして、数年先にはアメリカへ行くことになるのだが、浪子が今住んでいる家をすぐに出ないといけない事情が出てしまい、母は浪子から相談されて町営住宅を世話した。浪子はまだしばらく米軍のキャンプに勤めないといけないので、その間は幼い洋子の面倒を見る人が誰もいない状態になる。それで家で預かることにしたと、母の話はだいたいそんなことだった。

浪子がこれまでどこに住み、洋子は誰に面倒を見てもらっていたのか。それに、母はどういう関係で浪子に相談されたのかと思ったが、恭平にはそんなことは大したことではなく、母はこの地域の町会役員をしているので頼まれ世話を焼いたのだろうと勝手に考えた。

次の日から洋子が恭平の家にやってきた。朝から母の監督下で一人で過ごして退屈になるのか、洋子は恭平が学校から帰るのを心待ちにしていた。だが、恭平は学校から家に帰ると縁側にカバンを放り出し、庭の物置き小屋から自転車を引っ張り出すと、級友たちが遊ぶ学校の校庭へと舞い戻って行った。放課後に級友と約束した遊びに遅れないようにするのが先で、洋子のことなど念頭になかった。そんな恭平を洋子は縁側からいつも寂しそうに見送るのだった。

洋子がくるようになって一週間ほどした日だった。その日は朝から雨で下校後の遊びの約束が誰ともなかった。母に言われ、恭平は初めて洋子のお手玉や塗り絵やおままごとの相手をしてやった。洋子は嬉々として熱中したが、恭平はすぐ飽きてしまった。女の子なので相撲とかメンコなど身体を使った遊びはできない。学校に上がる前で幼すぎて遊ぶことも限られている。洋子の好きな隠れんぼも狭い家では場所が限られていて時間が持たない。恭平はだんだん煩わしい気分になった。遊びながら早く浪子が迎えにこないかとそればかり考えていた。

浪子は進駐軍のキャンプのある隣町から汽車で帰ると駅前で買い物をし、一旦町営の家に帰る。それから洋子を迎えにくる。町営住宅の方が駅に近く、恭平の住む高等学校の校長官舎の方が遠いからだ。

ようやく夕方になり浪子が迎えにくる時間になった。おかっぱ頭の髪を赤い太糸で束ね、胸から繋ぎになった白い大きな前掛けをして赤い長靴を履いた洋子が、玄関で待ちくたびれていた。それを見て母が思いついたように言った。

「キョウヘイ兄ちゃど、帰るがあ。途中でかあちゃんど会えるべがら」

やっと洋子から解放され、マンガ本が読めると浮かれた気分だった恭平には、母の言葉は地獄からの声だったが「送ってやれ」の母の命令は絶対で従うしかなかった。

玄関で長靴を履き番傘を持った。赤い子ども用の洋傘を持った洋子は、うれしそうに空いた方の手で恭平の手を握ってきた。

官舎の庭の裏木戸を出ると横道だ。両側に田圃や畑が続く道をまっすぐに三百メートルほど行くと大桜に着く。

雨は止んで空のあちこちで雲が切れ青空が見えている。朝からの雨で道のところどころに水溜りがある。道を塞ぐように水溜りができている所があった。

「ヨウコちゃ、端っこば回れ」

洋子にそう指示すると、自分はぴょんと水溜りを飛び越した。すると洋子も恭平を真似て跳んだ。だが跳び切れないで水溜りの端に両足が落ちた。バシャッと水が跳ねた。足元まで泥水が跳んできたので恭平はあわてて飛び退いた。

「ほああ、おったまげ」

恭平は自分が驚き慌てたのを誤魔化そうと番傘を開き、片足で跳ねながら踊って見せた。

自分の失敗を「ああ、あ」と嘆かれると思った洋子は、恭平の思いがけない頓狂な反応を見て身体を折り曲げて、きゃっきゃと笑った。

調子に乗った恭平は道のあちこちにできている水溜りをホイホイ言いながら飛び越し洋子の笑いを誘った。

「あれ、ヨウコちゃ、虹だよ、ほら」

「わーっ、きれい」

洋子が声を上げた時、緑のスカーフを被った浪子のすらりとした姿が大桜の陰から現れた。

「おかあちゃん」

洋子が走り出した。

浪子はびっくりしたように、すっかり若葉に変わった大桜を背に立ちどまった。

「虹だよ。虹だよ。ほら、あそこ」

駆け寄った洋子が大桜の上の空を指さしている。

「あらあー、ほんと。大きな虹だこと」

振り返って空を見上げた浪子が虹に初めて気がつき感動の声を上げた。

「ヨウコちゃば送ってきたんだけはあ。んじゃボクは帰りますから。ヨウコちゃあ、さいなら」

「キョウヘイ君、どうもありがとう」

張りのある浪子の声が耳に心地よかった。

「兄ちゃあ、また明日ね。遊んでね」

洋子が手を振りながら虹の下でぴょんぴょん跳ねた。

この時から恭平は下校後に級友との遊びの約束のない日には、洋子と家で遊んだ。そして浪子の迎えが遅い時には町営住宅まで送るようになった。洋子を送った時、浪子はガムかチョコレートを必ず手渡した。恭平はいつの間にかそれを楽しみにするようになっていた。

去年の夏休みだった。本屋で進と偶然いっしょになった。恭平が毎月買うマンガ雑誌の発売日で、進が買う本の発売日でもあったから偶然とは言えないかもしれない。

二人はマンガ雑誌を貸し合っていた。いつもは恭平が新しい本を読み終えると進の家まで自転車で持参し、引き換えに進が買っている本を借りて帰り、数日して再び恭平が返しに行くというやり方をしていた。恭平は講談社の『少年』一冊だけ買うことを許されていたが、進は『冒険王』と『少年画報』が愛読書だった。恭平が貸し借りでわざわざ進の家まで出向くのは、一冊と二冊の差という理由があった。

進が唐突に言った。

「おれの秘密基地さ来ねが。今日はそごで読むべや」

夏休みで互いに暇だった。

家に帰って一人で読んで翌日に交換するよりは、同時に二人で読んだ方が早い。進はそれをやる格好の場所があると言った。飼っている柴犬を連れて家の近くにある神社に行った時に偶然見つけた場所だと言った。

「コロば連れて神社さ行った時によ、急に雨に降らっちぇな、社の裏側の床下で雨宿りしたけ。おれはそこば見つけでがらそこば秘密基地にしてんだ。コロば散歩さ連れて行って遊ばせている間、持っていったマンガばそこで読んだりしてんだ。家だどマンガば見てっどよ、勉強、勉強て、父ちゃんとか母ちゃんがうるさいがらな」

その神社なら恭平も知っていた。

駅前の商店街の途中の路地を右に曲がりしばらく行くと、杉の木立ちに囲まれた丘に出る。その丘の上に神社がある。コンクリートの鳥居を潜ると急な斜面になる。その斜面に中学生の背丈ほどの赤い木の鳥居が十数本並ぶ。子どもたちは面白がってその下を四つん這いになって登ったりするが、鳥居に沿って簡易な道と粗末な石段があり皆はそこを登る。

石段を登り切った左右に狛犬ではなく狐の石像が置いてある。その二対の狐の口がなぜか赤いペンキで塗られている。社の正面は三段の木製の階段を登った所に屋根の狭い庇の支え柱から、大きな二つの鈴のついた太い紐が垂れさがり、その下に大きな賽銭箱が置かれている。

この神社が賑わうのは祭りがある晩秋の一週間ほどだけだ。周囲を杉の大木で囲まれていて昼も薄暗い。暑くて他所では遊べない夏休み、子どもたちが缶蹴りなどして遊んだりするぐらいで、普段は参拝する人や掃除をする周辺の人がたまに訪れるだけだ。普段は人影もなくひっそりと静まりかえっている。

「あそごさ、そだないい場所あんなだが?」

夏休みに神社で茂たちと隠れ鬼ごっこや缶蹴りなどをして遊んだことがある。だが、進が言う秘密基地になるような場所を恭平は想像できなかった。

「あんなだ。行ぐが」

「うん。行ぐ」

神社への斜面を進は石段を軽快に登った。その横の道を恭平はうんうん言いながら自転車を押して登った。

赤い口の二匹の狐に睨まれながら、社前の空き地を横切り裏手に回った。床下に窪んだ所があり、進がしゃがんでその窪地にするりと入った。恭平も自転車を社に立てかけると進に続いた。中は思いのほか広く数人が腰をおろせた。床と頭の差もかなりある。用心すればぶつける心配はない。

「へー、こだな所、よく見つけたな」

「眺めもいいべ。なんだがよ、絵ば見でる気分になっから不思議なんだ」

社の裏手にあった杉の大木は数年前に伐採されたばかりだ。植林された杉の幼苗の先端が斜面を緑に覆っている。その上に広がる田園を最上川がキラキラと川面を光らせて横切り、その先の遠くに朝日連峰が青く連なっている。

進の言うように社の床下から見ると、左右を杉の大木で底辺を地面で切り取られた景色は、額縁に填められた絵のように見えた。

「鉄橋ば汽車が渡ってる時もあんなだがら」

最上川に架かる鉄橋を黒煙を上げながら汽車が通る時は、絵というより映画を見ているようだと進は自慢した。そして、今日もそれを見ることができると請け合った。ただ、マンガ雑誌に夢中になっていると、汽車を見逃すかもしれないと言って、にやっと笑った。

この社裏の床下は、この日からマンガ雑誌や学校の話題で暇潰しをして楽しむ二人の秘密の場所となった。

ところが夏休みの終わり頃に茂に知られた。最上川の鉄橋の下で茂たちと川遊びをしている時だった。隣り合って川面から突き出した岩で、腹這いになって身体を温めていた恭平と進は、二人でマンガ本を読む約束をした。それを近くにいた茂に聞かれてしまったのだ。

「おればも交ぜろちゃ」

茂はマンガ本を買えない。いや買わない。友達の物を借りて読んでいる。

「おら、そだな物にゼニコ使わね」

釣竿などの遊び道具や駄菓子に使うのでマンガ本にまで小遣いを回せないと言う。それでマンガ本を持っている同級生に借りて読んでいる。そうした厚かましい上、強引なところがある茂が恭平も進も嫌だったが、学校で茂にケチと吹聴されるのを恐れて断ることはできなかった。

それ以来、神社の裏の床下は進と恭平の二人から、茂を入れた三人の秘密基地となった。秋が深まるにつれて三人は秘密基地から足が遠のき、雪が降り出す頃には秘密基地仲間の三人は組がえもなくそろって六年に進級した。恭平と進のマンガ雑誌の交換読みは以前のやり方に戻った。それ以来、秘密基地は使っていない。

恭平の家に洋子がくるようになって、しばらくした五月の初め頃だった。

「暑っぐなってきたがら、明日、久しぶりに神社で集まらねが」

マンガ雑誌の発売日の前日、進から秘密基地に集まろうと恭平と茂に声がかかった。

「おれはちょっとわがんねな」

茂は明日の休日は農作業を手伝わされるかもしれない。もし手伝わされなかったら行くと言った。

「昼すぎだらば、いい」

休日の午前中は勉強しなければならない母との約束がある恭平は、午後ならと承諾した。

翌日、昼食をすませ、恭平は自転車で本屋へ行った。そこで進と落ち合い、マンガ雑誌を買い二人で神社の秘密基地へ行った。

茂はこなかった。農家は田植えの準備で一番忙しい時期だ。茂の家の田畑は広い。今の時期は猫の手も借りたいほどだろう。だから遊びに出ることなど許されなかったに違いない。そう考えている恭平も進も茂がこないことを気に留めなかった。

一冊読み終わって次の本に手を伸ばそうとした時だった。進が意味ありげに白い狐顔を近づけた。こうした顔になる時の進の話すことは、大人の秘密めかした話になる。

「おめんどごで、オンリーの子どもば預がってんなだがや？」

恭平はオンリーの子どもという意味がわからなかったので「う？」という顔をした。

「町営の、アメリカ人がきてる、あそごの家の子どもだ」

ああ、洋子のことかと思った。

「うん、来てっけど。オンリーって何だ?」

恭平の問いに進の顔が得意気な顔になった。自分はお前が知らない大人のことを知っているんだと優越感が湧くようだ。進の唇は妙に赤い。神社の狐に似ていると恭平は気がついた。

「うだなごども知らねなが。おめはパンパンば知ってんべ」

パンパンは知っていた。いや、進にこの秘密基地で聞いた知識で、米兵といやらしいことをして金をもらう女のことだ。恭平には人前で口にできない恥ずかしい言葉だ。

「ああ。おめがら聞いたがらな」

「パンパンは誰とでもやっけどよ、オンリーというのは決まった相手とだけやんなだ」

進から聞いたパンパンは、夜の盛り場で厚化粧と派手な服装をして米兵の腕にぶら下がって歩き、ホテルや旅館などで米兵と男と女の行為をし、金をもらうというものだ。その行為は結婚したり、婚約している男女なら何の問題もないのだが、そうではない女性が金を稼ぐということが軽蔑され非難される。恭平は、浪子とジョージが結婚すると母に聞いていた。

「あの人らはそだなごとでねえよ。二人は結婚するて、おら、聞いたぜ」

恭平が否定すると、進は狐目で睨み赤い唇を尖らした。自分の考えを否定されると、進はすぐ口を尖らして反論する。目の前の進の顔が本当に神社の狐に見えてきた。

「んだたでよ、進駐軍の基地さ勤めでいんなだべ。それで金もらってよ。缶詰やお菓子ももらってよ。それでアメリカ人とできてよ、やってんなだがらオンリーだべ。おら家の人だがみんな言っててんなだがら」

進の言う「やってる」と言う下品な言い方が恭平は嫌だった。それに浪子が進の言うような女性だとは思いたくなかった。

だが、ジョージと接吻していた浪子の姿が目に浮かんだ。家に缶詰を持ってきたり、洋子を町営住宅まで送った自分にガムやチョコレートをくれたりする。それが進の話に符号した。パンパンとは違う。でも、同じようなことを浪子はしている。進が言うように、浪子はジョージとオンリーという関係なのかもしれない。

これまで知らなかったことを進に言われて、自分の中で浪子に対する見方が変化したように感じた。その動揺が顔に現れたのを見た進は、さらに勢い込んで浪子のことを話し始めた。

「あの子どもの母ちゃんが町営さ引っ越したなはな、家ば追ん出されだがらだ。あの親子は父ちゃんが戦死して居ね所さ空襲で家が丸焼けになってよ、父ちゃんの実家のある山形のここさ東京がら逃げて来たなだ。外さ勤めねで家の仕事やれって爺ちゃに言われだげんど言うごど聞かねで、英語できっからて、いい給料で進駐軍に雇われたみでだ。そのうちにアメリカ兵のオンリーさなって、それがバレてよ。爺ちゃんがら家、追い出されだど。孫の子どもば家さ置いで出ろて言うなば、あの母ちゃんは言うごと聞かねで連れて出たんだど。父ちゃんはアメリカとの戦争で戦死したなによ、母ちゃんがそのアメリカとよろしくやってんじゃ、あの子どもがもごさいって、おれのかあちゃんらが喋ってんだがら」

浪子のことを進がくわしく知っていることに恭平は驚いた。

進の家は町の商店街で一番大きい雑貨を扱う商店だ。店員が何人もいるし客も多い。それで町の噂がよく集まるのだろう。進の話から浪子が義父の家から追い出されて町営住宅に引っ越してきた経緯は大体わかった。夫がアメリカ軍と戦って死んだのに、その敵とオンリー関係になったということが恭平に浪子に対する不信の念を植えつけた。そして、子どもが可哀想だという進の感情的な言葉が耳に食い込んだ。

六月の声を聞くと雨の日が多くなった。町営住宅の広場横の丘は紫陽花の花が一斉に咲き、緑から青紫に一変していた。

その日は浪子の迎えが遅れていたので、恭平は洋子を送っていった。畑道をいつものように花摘みなどしながら歩いたが、途中でも広場に着いても浪子は現れなかった。

昨日まで降り続いていた雨が今日は降りやんでいたが、空はどんよりと曇っている。わずかに西の空に雲の切れ間があってそこだけが妙に明るかった。

恭平は最近、洋子を浪子に渡して帰る時、自転車を使うことにしていて自転車を引いてきていた。そうするようになったのは、秘密基地で進に聞いたジョージと浪子の関係が影響していた。

話を聞いた数日後だった。

浪子の迎えが遅れたので洋子を町営住宅に送った。途中の畑道で浪子と出会い洋子を渡した。浪子はいつものようにチョコレートを渡そうとした。すると突然、恭平が怒気を含んだ声で言った。

「そげなものいらね。ボクは、ヨウコちゃば送るなが、楽しいがら送ってくんなだがら」

浪子は一瞬驚いた顔をした。じっと恭平を見つめた。そして何も言わずにチョコレートを引っ込めた。

それ以来、浪子はチョコレートを渡すことをしなくなった。そして、恭平も洋子を浪子に引き渡すと、さっと離れるのに自転車が都合がよいと考えたのだった。

恭平は浪子をぼんやりと待っているのもつまらないので、大桜の歌碑の横の地面に棒でお絵書きしている洋子を置いて自転車に乗った。広場をぐるりと一周して戻ると、洋子は歌碑の土台の上に立っていた。

「兄ちゃ、自転車に乗せて。ヨウコを乗せて」

身悶えしながらねだった。

自転車には荷台がついていたが、洋子が下手に座ると足を車輪に挟む恐れもある。怪我でもさせたら大変だ。

「ダメだ。危ねがら」

恭平は自転車を歌碑の土台に片足をかけて止め、洋子をなだめようとした。すると洋子は歌碑から素早く荷台に乗り移り、恭平の背中におんぶするようにしがみついた。来年から学校に入るにしては背丈が小さい洋子だが、後ろから抱きつかれるとぎょっとするような衝撃だった。恭平は慌てた。洋子は荷台に立っている状態だ。荷物や赤ん坊を背負い自転車を運転する大人はよく見かけるが、自分にはそうした経験はない。洋子をおんぶして運転し、もし倒れたら大変なことになる。

「兄ちゃ早く。早く走って」

洋子は首に回した両腕を揺すり耳元で急かせる。背にかかる重圧は重いが運転するのに邪魔な感じはしない。自分は砂利道やでこぼこ道で自転車を乗り回している。この広場は平らだ。ゆっくり走れば平気だ。そう思った。

「一回だけだぞ、いいがあ」

「いいわよう」

「ヨウコちゃ、手ば離さねで兄ちゃさ抱きついでいでけろよ」

恭平は度胸を決めると石碑の土台を蹴った。

恭平はゆっくり自転車を走らせた。大丈夫だ。倒れる心配は消えた。が、別の不安が胸に湧いた。こんな危ない自転車の乗り方をしているところを誰かに見られて母に告げ口されるということだ。そんなことになったら母から大目玉を食う。自転車の乗車を禁止される。

広場の横のアジサイ山で、子どもの顔ほどもあるたくさんの紫陽花の花房が青白く浮かんでいる。その青白い顔が「危ねな。危ねな」と囁き合っているような気がしていい気持ちがしない。恭平は自転車を慎重に漕いだ。すると耳元で洋子の、ふふふというれしそうな笑い声がした。柔らかく熱い頬っぺたが時折恭平の首筋に触れた。

広場を横切り、丘の縁を走り、歌碑まできて止まろうとすると、それを察した洋子が背中で身体を左右に動かしてねだった。

「もっと。もう一かい回まわって、兄ちゃ」

背中で身体を動かされると自転車をうまく止められない。

「わがった。危ねがら、騒ぐな。もう一回だけだぞ。本当だぞ」

恭平は止まる方が危ないと思い、もう一回りすることにした。

密着した洋子の身体で背中が熱くなってきた。首に回した洋子の腕も熱い。恭平は顔に汗が滲み出すのを覚えた。

「ちょうちょ、ちょうちょ、菜の葉に……」洋子が突然歌い出した。よっぽどうれしかったのだろう。だが、恭平は声を聞いた近くの家の誰かに見られ噂されたらと考え焦った。

アジサイ山の紫陽花の花が、こんどは青白い大目玉になってじろじろっと見ている。大桜が黒い大入道になって「こらあっ。なにしてるっ」と、覆いかぶさってきた。恭平はやっとの思いで歌碑までくると台座に足をついて止めた。洋子は荷台から思いのほか身軽に歌碑の台座にぴょんと飛び移った。

「ああ、面白かったあ」

台座から地面に降りると、洋子は恭平をぱっちりとした目で見つめ、白い頬を紅く染めて言った。これまでで恭平が見た一番うれしそうな洋子の顔だった。

「兄ちゃと自転車に乗ったなば、かあちゃんにぜってい言うな、なヨウコちゃな」

「なしてや」

「危ないごとしたて、兄ちゃがおらえのかあちゃんにごしゃがれっがら」

「ごしゃがれるの？」

「うんだぞ。かあちゃんがらげんこつで頭ゴンってやられてしまうんだよ」

危険な自転車の乗り方をして遊んだことを絶対に母に知られてはだめだ。恭平はそう思って口止めにかかった。だが、洋子はこんなに楽しい思いにさせてくれたことで恭平が叱られることがよく飲み込めないようで、不思議な顔で恭平を見るだけで「わかった」とは言わなかった。

「あ、おかあちゃんだ」

浪子が広場を空色のワンピースを翻して走ってくるのが見える。白いヘアバンドが鮮やかだ。恭平は急に落ち着きをなくした。洋子が自転車遊びを喋るのではないかと思った。あんな危険な乗り方をしたと、浪子から母に知れたらお説教だけではすまない。自転車に乗ることを禁止されてしまう。

「ヨウコちゃ、かあちゃん来ていがったなあ。うんだば兄ちゃは帰るがら、さいなら」

恭平は石碑の土台を蹴った。

背後から洋子の屈託のない声がした。

「兄ちゃ、また明日も自転車でヨウコと遊んでねっ。バイバイ」

洋子の声が浪子に聞こえただろう。「自転車で」という言葉が恭平の耳に刺さって背中がぞぞっと冷たく震えた。洋子は浪子に喋ってしまう。恭平はそう思った。

「遅くなってごめんなさいね。恭平君、ありがとうっ」

浪子の澄んだ張りのある声が後ろから追いかけてきた。初めて自分の名を浪子に呼ばれた。自転車のハンドルから右手を離して高く上げてそれに応えた。

浪子は洋子から自転車に乗ったことを聞いたら、母に言いつけるだろうか。そんなことはしないような気がした。浪子がそんなことをして洋子の楽しみを台無しにするわけがない。そう思うと恭平は少し気が楽になった。「ちょうちょ、ちょうちょ」の歌が口笛になって出た。

3

六月の終わりに近い日曜日だった。

ぐずぐずと長く続いた雨が止んで、久しぶりに朝から太陽がかっと照りつけた。マンガ雑誌の発売日だったので恭平と進は本屋で落ち合い、それぞれの雑誌を買って二人で神社の秘密基地にきた。茂にも前日に学校で声をかけてはいたが「いま忙しがらな」と言っていた。農繁期を過ぎたが、まだ遊びに出るのは無理だろうと考えていたので、今日は二人だけだと思っていた。

二人が到着したちょうどその時、床下から見る絵画のような眼下の風景の中を汽車が黒煙を吐きながら鉄橋を渡っていった。この偶然の演出に二人は「グットタイミングだべ」と手を叩いて喜んだ。

その興奮も収まり購入したマンガを読もうか、となった。すると、そこへ茂がやってきたのだ。意外な茂の出現に進も恭平も驚いた。

さらに驚いたのは、普段とは違う興奮した様子で床下に滑り込んできた茂が、二人の度肝を抜くようなことを口にしたことだ。

「おれの友達が死んだんだ。射爆場さ鉄屑拾いさ行ってよ、不発弾ばいじって破裂してな。両腕ば吹っ飛ばされてよ、死んだ」

恭平たちの住む町の東隣にある村の山地に占領米軍の射爆場があり、西隣の町には駐屯基地がある。そこから米軍がジープや幌つきのトラックや野砲を積んだ台車などで車列を作り国道を射爆場へ向かうのを恭平たちは頻繁に目撃していた。

そして一カ月ほど前、その射爆場で近隣の町や村の話題を独占する大事件が起きていた。米軍の演習が激しくなり山仕事を奪われた村民が、演習地に入り込んで砲弾の屑鉄拾いで生活費を稼ぐ者が出ていた。その中の一人の村民が不発弾に触れ爆死するという事件が起き、大騒動になったばかりだった。その騒ぎが収まらないうちにまた事件が起きたのだ。こんどは大人ではなく子どもだ。しかもその子どもは茂の友達だ。

「両腕ばふっ飛ばされてよ、死んだけ」

茂は鼻の穴を大きく膨らまし、目玉をぎょろつかせ、浅黒い頬をぴりぴり震わせながら言った。

話を聞いて恭平は両腕を吹っ飛ばされた子どもが、うわーっと目に浮かんだ。血だらけになって地べたに転がるのが見えた気がして気分が悪くなった。でも、何でだと思った。大人が爆死して大騒動になったばかりなのに、子どもがなんでそんな危険な所に行ったのか。衝撃を受けた分、「何で」という思いがそのまま口をついて出た。

「なしてそげな危ないものば拾いに行くみでな、馬鹿な真似したなだや」

すると茂は恐い目で恭平を睨みつけた。

「馬鹿な真似」と言ったのが勘に触ったようだ。

「銭だべちゃ。屑鉄ば売っと銭になるがらだ。そうしねど、村の貧乏百姓の子どもはよっ、なんにも買わんにぇなだ。鉛筆だのノートだの勉強道具も買わんにぇ子もいんなださげな。何でも買ってもらえる奴らにはわがらねっ」

茂は恭平を睨みつけながら、唾でも吐き出すように言った。

茂の実の父親は戦死した。後家になった茂の母は、茂と妹の秀子を連れての再婚だ。義父も妻を病気で亡くして再婚だった。それで茂の家には義父の両親と前の奥さんの子どもの和男、それに茂の母と義父の間に新しく産まれた赤ん坊の八人家族だ。茂は農作業で多忙な祖父と両親や家事と赤ん坊にかかり切りの祖母を妹の秀子と弟の和男の三人で手伝って助けているのを恭平は知っている。そして、茂の家は米だけでなく果樹や野菜など近隣の親戚と共同しながら手広く作っている大きな農家だが、茂は進や恭平のように自分が自由に使える小遣いはもらえていない。だから、兎を飼って子兎を産ませて育てて売ったり、川魚を獲って小料理屋に売ったりして小遣い稼ぎをしている。

その茂が、時々進や恭平を怖い目で睨む時がある。特に何でも買ってもらえる進がそれを自慢げにした時は、敵でも睨むような目になる。恭平が思わず茂の友達の行為を「馬鹿な真似」と言った瞬間、その目になった。

恭平は茂には言ってはいけない言葉だったと気がつき「しまった」と思ったが後の

祭りだった。

「おれが聞いた話ではな、アメリカが悪いてみんな言っててっぞ。村の山ば無理矢理射爆場にしてよ、山仕事できなくしたもんだがら、村の人が大砲の弾ば拾って売るようなことになってるんだど。それによ、朝がら大砲ぶっぱなしたり村道ば車でぐしゃぐしゃにしたりでよ。村の人らだみんなごしゃいでよ、共産党も村さ入ってきて赤旗ば立てで射爆場の反対運動するもんだがら、それば取り締まるんで警官隊もきてよ、大騒ぎだど。アメリカが村ば占領して好き勝手にやってっんのが悪いがらだて店さくる人らが皆で喋ってっから」

事件のあった大高根村は、茂の再婚前の母の生家だった。小学三年まで住んでいた茂は死んだ子どもと友達だった。その友達が危険な場所とわかっている所に行ったことを「馬鹿な真似」と言った恭平への怒りが、何でも買ってもらえる自分にも向いているのに進は気がつき、怒りの矛先を他にそらそうと射爆場のある大高根村でアメリカが憎悪の的になっているという自分が聞いた町の噂話を持ち出した。

「死んだなが友達ひとりだけが？　ひとりで拾いさ行ったなだがや？」

恭平も茂の怒りをかわそうと聞いた。

「死んだジュンイチの妹のアサコが足ば破片でえぐらっちぇ大怪我した。町の病院さ運ばれたど。同級のキヨシどトミオどジロウは離れでで怪我しねがった。学校で一番勉強ができるジュンイチがなあっ……。畜生、戦争終わってんのにアメリカに殺さっちゃなだ」　茂の声には、まだ怒りが籠っている。

「殺さっちゃのでねえべえ。事故だべよ」

今度は進が思わず言った。恭平もそうだと思って頷いた。入ってはならない場所に危険な砲弾を拾いに行った子どもたちにも非があると思っていたからだ。

そんな進と恭平が気に食わないのか、茂がまた声を荒げた。

「戦争に勝ったがらてよ、アメリカが山獲って戦争するみでに大砲などぶっぱなしてよ、村の人だばが暮らしていがんにぇぐすっがらこげなごとが起ぎで人が死ぬんだべ。殺さっちゃど同じだべよ」

確かに、進から聞いた話から事件のあった村のことを考えると、茂の言うことは「そうだ」と恭平は思った。だが、今度の事件はアメリカ軍が撃った大砲の直撃で子どもらが殺傷されたのではない。小遣い稼ぎに立ち入り禁止の場所に侵入し、屑鉄拾いをして事故に遭った。だからアメリカが殺したとまでは言えないと思った。だが、三年生まで一緒に遊んでいた友達らが死んだり大怪我をしたのだ。茂がアメリカを憎んで「殺した」と言うのも仕方がないと思った。

「戦争に勝ったがらてよ、何してもいいことなどねえべな」

茂の怒りはなかなか収まらない。

恭平はふと浪子とアメリカ兵のジョージのことを思った。すると、進も思い出したのか例の狐顔になって言い出した。

「町営さ時々アメリカがきてんだ。日曜日は必ず来る。あそこにオンリーの女がいでよ、勝手なことばしてるって聞くぜ」

茂は「なに？」という表情だ。恭平は、浪子の所に来るジョージは、進が言うような戦争に勝って好き放題なことをしているのではないと思い進に言った。

「勝って、えばって来てんでねがら」

すると進は白い狐顔を赤くした。

進の話す大人の男女のことは、いつも黙って聞くだけだった恭平が、明確に違うと言ったのが気にさわったようだ。

「おめの家はよ、あそごの子どもば預がってよ、缶詰どか、チョコレートどがば、もらってっからそげなごど言うなだべ。戦争で勝ったアメリカはやっぺど思って、日本の女ばいっつもねらってんだぞ。町営の女もそれさ引っかかったて、みんな言ってんな、おめしゃねなだべや」

そんな進の店の大人たちの興味半分の噂話など「知るもんか」と恭平は思った。それより、缶詰やチョコレートをもらっているからジョージを庇うと進に言われたことは、我慢できなかった。

「おら家で子どもば預がったなは物もらうがらでねっ。あのかあちゃんが仕事してっからだ。父ちゃんが戦死したなだ。戦争に負けたがらな。持ってだものば全部なくしてよ。女だて仕事しねば生きていけねがらな」

恭平は母が言っていたことをそのまま口にした。母はこう恭平に教えていた。

「日本が戦争に負けて家も土地も親兄弟もなくした人がたくさんいる。そういう人らは生きていくのに必死で働いてんだ。浪子さもそうだ。母ちゃんはそれば応援して、おら家で洋子ちゃば預かるんだがらな」

そして、自分の家は浪子から缶詰などをもらうより、母が野菜や煮物のお重をあげる方が多いのだ。そんなことを何も知らないくせに馬鹿にするなと恭平は進を睨んだ。

「そだなごどねよ。そげなアメリカの務めしねで、家の仕事ば手伝えて爺ちゃんらに言わっちゃのに、あの女は聞かねがったなだど。東京の女学校出てで、英語ば話せっからうまいごと雇われでよ。アメリカは金も物もいっぱいくれっから、うまいことやったってよ、みんな話してんだがらな」

進の狐顔がさらに赤く紅潮した。恭平が自分に逆らうようなことを言ったのがよほど気に障ったらしく、自分が家で狐のように耳を尖らせて大人から聞いた情報をありったけ持ち出してきた。

「町営の女はよ、ちょっときれいで英語ぺらぺらだもんで、アメリカのおえらいさんに狙われてよ、オンリーさなったど」

「オンリーて、何だ？」

茂が聞いた。

「ああ、パンパンみでなもんだ。んでよ、そのアメリカば家さ連れて来たもんだがらよ、たまげだ爺ちゃんらに家がら追ん出されだなだど。うんだがら家さいられなくなってよ、あの女が町営さ来たなだ。」

恭平も知らない浪子の事情だった。

戦争中、浪子は東京の生家で暮らしていたが、敗戦間近に東京が空襲される恐れが出て、学校の事務職を辞め三歳の洋子を連れて山形の夫の実家に身を寄せた。浪子の予測通り東京は空襲で焼け野原になり、浪子の生家も焼失。両親は現在、千葉の兄の所に身を寄せている。夫は南方での作戦で戦死した。

それで、子どもを抱え生きていくために浪子は米軍基地で働き出した。職場で米兵のジョージと恋愛となり結婚することになった。ジョージが近い内に横須賀に転勤になるので夫の生家を離れ町営に引っ越した。それが母から恭平が聞いている浪子の事情だった。

それが、進の話ではまるで違っていた。

浪子の夫の生家は義父が町の町長もやったほどの家柄で、義兄が駅前に『庄吉』という名の大きな日本料理店を開いていた。義父母は浪子にその店で働くように言ったが浪子は聞き入れずに米軍の基地で事務職として働き始めた。そして、上司のアメリカ兵と関係ができてしまった。それを知って激怒した義父母は浪子に孫の洋子を置いて出ていくように言ったが、浪子は聞き入れずに洋子を連れて家を出ていったというのだ。

「町営さあの女ば世話したな、おめの母ちゃんだべ」

「んだよ」

「『庄吉』と酒屋は親戚だがらな」

母は近くの造り酒屋と遠縁でよく出入りしている。その酒屋の女将は酒屋から嫁入りしていて、母と名前で呼び合うほど昵懇《じっこん》だと恭平は聞いている。『庄吉』の女将から母は頼まれて、浪子の世話をしたのだ。母が浪子の世話をした事情を恭平はやっと理解できた。そして、進の話の方が母の説明より真実に近いのかもしれないと思った。

「爺ちゃんらはよ、孫だけは家さ置いて行けって口酸っぱくして言ったのによ、あの女は聞かねで連れで出たんだど。何もよ、子どもまで巻き込むごどねべにっておれの母ちゃんらが喋ってだ。連れで行がっちゃ子どもが一番もごさいど」

また進の口から「子どもがもごさい」という言葉が出た。浪子が義理の父母に逆らって連れて出たという本当の事情がわかったぶんだけ「子どもがかわいそうだ」という言葉が胸をぐさりと抉った。その痛みに耐えようと下を向き歯を食いしばった。

「なあーっ、かあちゃんがパンパンみでなことやってっから、子どもはもごさいごになんなだあ」

黙り込んだ恭平に、進は言い勝ったとばかりに声を弾ませた。

膝を抱えゴム草履からはみだした足の指を動かして、自分の知識の外で言い争う進と恭平を黙って見ていた茂が言った。

「おれの妹もよ、はじめはチョコレートもらいたくてあの子どもと遊んでだけが、今は遊ばねぐなったがらな。日本の女がアメリカどパンパンして手に入れた汚ったねえチョコレートばもらうなは恥だものな」

「汚ったねえ」という茂の言葉が恭平の頭をがつんと殴った。

茂は浪子とジョージのことは何も知ってはいない。だから進が大人たちから聞いた下品な想像を真に受けてしまうのは仕方がない。でも、それを口実に罪もない洋子を遊びから仲間外れにすることを肯定している。

「子どもに罪があるなだがや？」

恭平は茂を睨み、声を尖らせた。

「ないべ。んでも、かあちゃんがアメリカどうまくやってっから、あの子どもばを、みんな嫌うんだべよ」

これまで弱い者いじめなどしなかった茂までが、洋子を除け者にすることに同調する。

「親が悪いがらて、その子どももばいじめでもいいいて言うなだがや、茂はよ」

取っ組み合いの喧嘩になれば絶対に勝てないとわかっている。だが洋子をいじめてもいいという茂を、恭平は許せなかった。

このままでは茂対恭平の言い争いになりそうな気配を察したのか、進が言い出した。

「行ってみっかあ。今日もアメリカ来てっかもしんねがらな」

恭平も茂も自分たちがよくわかってもいないことで、これ以上口喧嘩などしたくなかった。それで、二人は進の興味半分の提案に乗った。

三人は秘密基地を出た。そして、神社の裏側の坂道をこれまでのうっぷんを吹き飛ばすように勢いよく駆け降りた。砂利道をしばらく駆けて町営住宅を見下ろせる青い紫陽花が群生する丘へと登った。

アジサイ山から見下ろす広場には、長く続いた雨で家に閉じ込められていた子どもたちで溢れ返っている。身体から噴き出すような甲高い声が広場から青い紫陽花の中に身を隠す三人の所まで響いてくる。

すぐ目の下に町営住宅の赤いトタン屋根が数軒並んでいる。アジサイ山から一番近い赤い屋根の住宅が浪子の家だ。玄関近くに進駐軍の深緑のジープが駐車しているのが見えた。

「やっぱり来てっぞ」

進がうれしそうな声を出すと、白い狐顔がにやりとした。何か思いついたらしい。

「いっちょう、あいつらば驚かしてやっかあ」

進は恭平と茂を誘うように言うと、足元の石を拾った。

「やってだらあわてんべ」

狐顔を恭平に近づけて囁いた。恭平は躊躇した。

浪子とジョージは町の大人たちの噂になっているようなことをしているのではな

い。恭平は進の面白半分の悪戯につき合う気持ちにはなれなかったからだ。するともこぶし大の石を拾った。その顔は友達の恨みでも晴らそうとするかのような険しい顔つきだ。

恭平はふとジープの方を見た。ゴザを敷いてひとりでままごと遊びをしている洋子の姿が目に入った。広場で遊ぶ子どもたちの歓声を米軍のジープが遮り、その陰で洋子は一人ぽつんと取り残されて遊んでいる。

「子どもがもごさいことになるべ」

進が言った町の大人たちの言葉が耳の奥に蘇った。突然、名状し難い怒りが胸に噴き上がってきた。

「洋子ば、こげにもごさい目に遭わせて。浪子さは何にしてんだっ」

心が叫んだ。喉がくううっと鳴った。

恭平は急かされたようにそばにあった石を拾って、ぐっと握りしめた。

三人は目配せして青ざめたアジサイの海から立ち上がった。声をひそめて「せーのっ」と呼吸を合わせると、下の赤い屋根めがけてそれぞれの思いで握った石を投げたのだった。

4

アジサイ山から浪子の家に投石をした恭平と茂と進の三人は神社の秘密基地へと戻った。

そして、三人は自分たちがしたことがどんな騒動になっているか知らないまま、秘密基地でマンガ雑誌を読んだり感想を談笑したりして過ごした。

恭平が二人と別れて家に帰り着いたのは夕方の五時少し前だった。家の玄関を開けたとたんにカレーの匂いがした。台所に行くと姉が夕飯の支度をしていた。姉が母に代わって夕食を作る時は決まってカレーライスだ。どうやら母は外出しているようだ。母だけではなかった。日曜日で家にいるはずの父の姿もない。

「母ちゃんだ、どごさ行ったなだ?」

恭平は風呂場で手足を洗うと、台所に行って姉の手伝をしながら聞いた。

「なんだがよ、浪子さどごのジョージさがピストルば撃ったなだど。そんで町営が大騒ぎになって大変なんだ。母ちゃんは、そこさ行ってんなだ」

中学生の姉は弟の恭平から見てもなかなかの美人だ。その端正で色白の顔がいつもより紅潮し、話す口調が興奮気味だ。

姉の話に胸がどきっと動いた。

「父ちゃんは?」

「おら、わがんね。警察がら電話きて、呼ばれで行ったみだいだ。ピストル騒ぎど、なにが関係あっかもしんにぇって言って出はった」

恭平は「ええっ」と焦りに似た感情が胸に湧くのを感じた。自分たちが投げた石で怒ったジョージが、ピストルを撃ったことがえらい騒動になっている。町営住宅に浪子を世話した母だけでなく、高校の校長をしている父までも出かけている。考えてもみない事態になっている。恭平はいっぺんに不安な気持ちになった。姉の作るカレーの匂いに、いつものわくわくした空腹を覚えてこなかった。

父はほどなく帰ってきた。母は夏の長い一日がようやく暮れて、薄闇が広がり始めた七時近くに帰宅した。

四人で卓袱台を囲んで、姉が作ったカレーライスを麦ご飯にかけた夕食となった。味噌汁の味噌を溶き、たくあんを切ったのは恭平だ。大皿のトマトは、親戚の酒屋からもらって帰った母が手早く切り分けた。

「なしてジョージさ、ピストルば撃ったなだや?」

恭平は何も知らない素振りで母に聞いた。

「浪子さの家さ石投げだ奴がいてよ。ごしゃいだジョージさが脅かしでピストルば空さ向かって撃ったど」

「石ば投げだ？　誰がそげなごどしたなだ？」

恭平は一番気になっていることを用心深く母に尋ねた。

「子どもらの悪戯だべと思うげんど、誰が投げたがわからねなだ。浪子さどジョージさが引っ越しの荷造りで大汗かいで、水風呂で汗流してがらビール飲んでだら、目の前でその置いたコップさ、窓ガラスば破って飛び込んできた石が当たって割れたって言うがら。身体さ当んねがったが、危ねがった。ジョージさがごしゃくのも仕方ねなだ」

進の投げ損ねた石が家の中でどんなことになったかわかった。窓ガラスを割っていきなり飛び込んできた石で、目の前のコップが砕けたら誰だって驚愕する。頭に血が逆流する。ジョージが狂ったように上半身裸で家を飛び出してきたのはそういうことだったのだ。ジョージがビールで酔っていたなら平常心を失い、ピストルだって撃つだろう。それに、浪子がシミーズ姿だったことも進が言うようなふしだらなことではなかった。そして、これはまずいことになったと心が縮んだ。

「んでも、ピストルば撃つなど無茶だべ」

真面目な姉が言った。

「んだ。ただ、脅かしに空さ撃っただけで人さ向けて撃ったなではなく、誰傷つけたわけでもないがら。町内の人だは悪戯で石投げだ者が悪いって、ジョージさに同情して、ピストルば撃ったなは仕方ねとなったがら。浪子さは、あと二、三日して引っ越しだもの、石投げられて、婚約者がピストルば撃って、そればみんなから非難されてよ、逃げるみでに引っ越しだど辛いがらな。浪子さは、ほっとしてるよ」

　すると父がいつもより重苦しい声で言った。

「うんでも、今度の騒ぎはそれだけではすまないべな」

「なしてや?」

　姉がカレーの皿を手に持ったまま興味深げに父の方に顔を向けた。

「大高根の射爆場で、弾拾いしてだ子どもがとんだことになった」

「何あったなだ?」

　姉が聞く。

　茂が話していたあの事件だと恭平は思った。

「大砲の弾がら、シンチュウば取るべど思って爆発させてしまったなだ。男の子どもが死んで、近くさ居だ女の子が大怪我したなだ」

「ありゃあ、惨いごどなあ」

姉が身体を引いて持った皿を震わした。

「また起きたのが。こんどは子どもが……」

母も顔を顰めた。

「怪我ばしたな茂の友達だ」と言おうとして、恭平はあわてて言葉を飲み込んだ。どこでそれを知ったのかと聞かれたらまずい。とっさにそう考えたからだ。

「それで石投げたのが、大高根の事件と関係があるんじゃないがど、警察は神経尖らしているんだ。ＭＰも来てだし。前の射爆場の事件で村さ赤旗も立って、そこさ、今度の事故だがらな。アメリカさ反抗してる共産党のシンパらが石投げだんでねえがと警察が疑って調べていっから。この騒ぎはかんたんにはいがねべな」

警察は高校の校長の恭平の父だけでなく、小・中学校の校長や町の教育委員まで集めたという。

恭平は父の「アメリカに反抗してる共産党のシンパが石を投げたのでは」という言葉に気が引かれた。「シンパ」という言葉の意味がわからなかったが、アメリカを憎んでいる人のことだと思い、茂の顔が頭に浮かんだ。心がひやりとした。

「警察は、そげな騒ぎになってんなだが。町内会の私らは、子どもの悪戯でねえがと思ってあんまり大げさにしたくねと思っているんだげんどな。んだがらかあ、酒屋の春男さまで警察にいろいろ聞かれたっていうがら、なんだべど思ったんだ」

「酒屋の春男」と聞いて恭平の顔が緊張した。食べているカレーのことも忘れて、母たちの会話に全神経を集中した。

「なして、春男さが警察に聞かれたなだや？」　姉が聞いた。

「町営の横さあるアジサイ山のちょうど裏の方で、アジサイの花ば絵に描いていたらしいんだな。そのあたりがらアジサイ山さ登っと町営住宅はすぐ下さ見えっから。それで石投げた犯人ど疑われたみたいだ」

酒屋の春男さんは、戦争中に兵隊に志願して中国へ行ったが、戦地で身体を壊し傷病兵となって帰ってきた。それ以来自分の部屋に閉じ込もり、戦争が終わっても仕事もしないで、隠居老人のように本を読んだり絵を描いたり庭に作った畑の世話などをして暮らしている。

母は浪子を町営住宅への世話を頼んだ酒屋の娘と親しいが、その弟の春男とも話す。傷病兵として帰国した春男は家族にも戦地で何があったかを話さないのに、なぜか母にだけは話した。

春男が所属する部隊が満州の辺境の村に襲撃をかけ、匪賊《ひぞく》として捕まえた男たちを全員殺し、その家族の婦人や子どもまでも殺傷した。その作戦に従事させられてから春男は兵士としての気力を失い帰国させられた。そうした痛恨事を恭平の母にだけは打ち明けたらしい。

「内地さ戻される時に戦地での不名誉なことは絶対喋るなと命令されて、誰にも喋らなかった。春男さだけでね、戦争してだ時の日本ではそういうことがいっぱいあったなだ」と、母は春男から聞いた戦地での話を恭平に聞かせた時にそうつけ足した。

恭平の母はさばけた明るい性格で、春男にも神経衰弱だなんて関係ないような態度で接する。それで春男も気楽になって母に自分の気持ちを話すのだろうと、恭平は勝手にそう考えている。

春男は家業の酒屋の仕事は父母と長兄夫婦に任せ、自分は屋敷内に小さな菜園をつくり農作業をしている。酒屋からもらってきた大皿のトマトはそこで採れたものに違いない。

母は春男と話したのだろうか。警察から尋問されたと話す母だから、春男と言葉を交わしたのは確実だ。だが、母は丘から駆け降りてきた自分たちのことを知らないようだ。「春男さはおらだのことを話していない」恭平はそう思った。ほっと緊張がゆるんだ。だが、すぐに春男はなぜ自分たち三人を目撃したことを母に話さなかったのだろうかと思った。再び不安な気持ちが恭平の胸の辺りで、もやもやと広がった。

「春男さが、なんぼ兵隊あがりだがらってよ中国で戦った人がアメリカば憎んで石など投げねべ。警察の勘違いだべなあ」

姉があきれたように笑った。

「アジサイ山がらだれかが逃げんなば見ながったがも警察は聞きたがったらしいげんども、春男さ黙ったままで口利かないもんだがらよ。『どだな人だ?』って警察が酒屋の人に聞いて、『戦争で神経衰弱になった』て話したら諦めて帰ったど。浪子さの家さ石投げだのは広場がらでねぐ、アジサイ山の方がらと思ってな、私も聞いたけが、春男さは『見てね』て首振ったしな。そんでもはあ、警察は何考えでんなだがな。だいたい射爆場の人らも共産党もジョージさが浪子さの家さ来てるごどなど何にも知らないべ。警察はなんでも大げさにして人ば疑うがら困ったもんだ」

春男が母に「見てない」と言ったと聞いて恭平は胸のもやもやした不安が、ぱっと晴れた。そうした恭平の表情に母が「おや」という表情をした。

「アメリカはよ、なして射爆場で戦争の演習などしてんなだべ。またどこがで戦争始めんなだべが」

母が射爆場と言ったので何か思い出したのか姉が言った。

「朝鮮半島の辺りで、きな臭いな」

父が朝鮮半島で動乱が起きていて、日本の基地から米軍が軍隊を送るような事態になっていると話した。

「うんだがら訓練が激しくなってんなだな。炭焼き小屋さ砲弾飛び込んだり山火事起こしたりして、安心して山仕事できねで村の人だば射爆場の砲弾の鉄屑なばひろて売るようなことになってこの前の事故は起きたど。んで、村の人らは共産党といっしょになって射爆場ばなくす運動ば始めているって、おらだの先生も言ってたがら。今度は子どもが死んだがらもっと反対運動が激しくなんべなあ」

姉は射爆場の大事故で騒ぎになった際、担任の先生が生徒に話したことを言った。

「おまえの担任は、そういうことば生徒に教える先生だがらな。共産党だど思われて教育委員会どか警察どかに睨まれねどいいげんどな」

そういうことが自分の学校でもあるのか、父の声はどこか重たい感じがした。

恭平には、もう父や姉の話はどうでもよかった。アジサイ山から三人で石を投げたことが大人たちにばれていないとわかり、すっかり気が楽になっていた。そんな恭平の様子を母がじっと見ていたのにも気がつかずに、皿に残ったカレーを勢いよくかき込んだのだった。

恭平たち三人が石を投げた日から二日経った昼過ぎだった。突然、雷鳴が轟くと大粒の雨が屋根や庭の草木を激しく叩いた。三十分ほど雨が続いた後に、それが嘘のように止むと空が急速に明るくなっていった。

恭平は雷雨の間、居間で寝転んでマンガ雑誌を読んでいた。すると、外出していた母が帰宅して緊張した雰囲気で居間にきた。自分もそうしながら恭平に正座させた。

「キョウヘイ。おととい、アジサイ山からナミコさの家さ石投げだべ」

正座させられた時は何を叱られるのかと思った。今日自分がしたことで思い当たることがなかったからだ。それが、二日前の投石事件の犯行はお前だろうと、突然言われた。一瞬何も考えられなくなり目と唇が力んだ。

母には嘘はつけない。幼い頃より嘘をついたと後でわかれば、母は容赦しなかった。首筋を押さえ階段下の物置きに入れ、外から鍵をかけた。「親には絶対に嘘をついてはいけない」という教訓より、狭い暗闇に長時間閉じ込められる恐怖が恭平を母に嘘をつけなくしていた。だが、母は正直に白状すれば説教して許す。恭平は正直に言おうと観念した。

「投げだけ。んでもあげな騒ぎば起こすつもりで投げたんでは、おれはないけがらな」

恭平は、進と茂と違って自分にはちゃんとした動機があったと思っている。進が投げ損じた石が大騒動を引き起こしたが、それは偶然だとも思っている。

「キョウヘイ。ん、だらばお前はなしてそげなことばした」

母の口調は静かだった。したことを責めるというより、投石の理由をつとめて冷静に尋ねようとしている。恭平はその理由を考えたとたん、反射的に自分でも信じられない感情的な言葉が口を突いて出た。

「ヨウコちゃ、もごさいべや。アメリカ人ど結婚するナミコさは、自分はいいがもしんねがよっ、ヨウコちゃはっ、ヨウコちゃはもごさいごとになるべに。おれはんだがら……」

言い終えると急に目から涙がこぼれた。そして不思議なことに、自分が石を投げる時に起きた浪子へのにわかな憎しみの感情が何だったのか、頭の中で鮮明になった気がした。

顔を下にねじ曲げて、涙を母に見られないようにした。恭平の視線の先で庭に咲く紫陽花の花群がまだ花色を失わないで咲いている。先刻の激しい雨で洗われたためかそれが青い色を際立たせていた。

母は長く黙っていた。

母の次の言葉を待ちながら俯く恭平の目に、一匹の白い蝶が紫陽花の花群がつくる青い淀みに、ふらっと入りこんで行ったのが見えた。

　母が静かに言った。

「ヨウコちゃばもごさいと思って、石投げだんだな。うんでもな、お前がもごさいど思うなはわがっけが、石投げだなは駄目だべ」

　進の面白半分の行為を止めずに自分も石を投げ、大騒動にしてしまった失敗は反省している。でも、自分の幸せばかり考えて可哀想な目に合う洋子のことを、大人のくせに浪子はわかっていないという怒りが自分に石を投げさせたんだ。洋子がかわいそうだと思っても、大人たちのすることに子どもの自分に何ができる。石投げるぐらいのことしかできないんだ。母が「だめだ」と言っても素直に「ごめんなさい」とは言えない。

　さっき、紫陽花の花群に迷い込んだ白い蝶が、青い淀みの中で出ようともがき苦しんでいるような気がした。自分の胸が、それと同じ苦しさを感じていたからだ。その苦しさを吐き出すような気になって母に言った。

「ナミコさがジョージさど結婚したらヨウコちゃはアメリカさ行くなだべ。向こうさ行って言葉もわがんねべし友達もいねべしよ。今だてオンリーの子どもだて、のけ者にさっちぇ一人で遊んでんなださげな。そげなごどばナミコさはわがっていねべ」

　母の顔が暗く翳り、苦しそうに一瞬歪んだ。が、すぐに冷静なもとの顔に戻ると諭すように語り出した。

「確かにそうだったらヨウコちゃはもございど思う。……んでもな、ナミコさもジョージさもヨウコちゃのごどば真剣に思ってる。大事に考えてる。そのごどは、お前も見でてわからねが？　わかるべ」

「うん。わがっけ」

「それに、戦争に負けで何もかもなくした日本には、孤児になった子どもらがいっぱいいる。そいずがら見れば、かあちゃんのいるヨウコちゃは幸せな方だ。そいずもわかんべ。ヨウコちゃは賢いし我慢強いし可愛い子どもだ。どこさ行ったて可愛がられるがら大丈夫だどそう信じてやんねば。どだなごとになっても、自分を産んでくれたかあちゃんと別れねで生きて行くなが一番いいなだがらな。いいが、キョウヘイ。もう勝手な気持ちだけで石など投げんなよ。これがらは、ヨウコちゃがんばれって励ますようなことばすんなだぞ」

　大人たちがすることで子どもはいつも損をする。戦争だって大人が勝手にした。もございい子どもは洋子ばかりではないという母の言葉に自分の気持ちが収まった気はしない。だが、母に自分のそんな気持ちをいくら話しても限りがないように思った。

「わがった。おれ悪いことしたけ。今度からそげなごどで、石など決して投げねがら」

母は穏やかに恭平を見つめ「んだが。わかったが」と言って頷いた。そして、それ以上問いただすことをしないで居間を出ていった。

「足痛でえ。はあ、もう駄目だあ」

恭平は畳に崩れた。

感覚がなくなった足に猛烈な痺れがきた。痺れに耐えながら、母にアジサイ山から投石したことを教えたのは春男だと思った。雷雨がくる少し前に母は酒屋に出かけている。その時に酒屋の春男さにアジサイ山から恭平たちが来たことを聞いたに違いない。きっとそうだと恭平は思った。でも、それなら春男さに聞いたであろう、あと二人の子どものことを母が一言も聞かなかったのはどうしてだろうと思った。なんだか母は、自分たち子どもを何かから庇ってくれているのではないか。それがなんなのかはっきりとはわからなかったが、恭平はそう感じた。

痺れた足が元に戻ると、庭の隅の紫陽花の所に行ってみた。雨に濡れた花の房を掻き分けて見たが、迷い込んだように見えたあの白い蝶の姿はなかった。きっと純白の蝶は脱出口を自分で見つけ、すっかり晴れ上がった青い空に飛んで行ったに違いないと思った。

それから三日後の朝だった。恭平は先に出た父と姉の後を追って家を出ると、学校へ向かった。通学路の桜並木に出る直前、宿題のノートを手提げ袋に入れるのを忘れたことに気がついた。急いで戻ると家の裏側から庭に入り、縁側から居間に上がって机の上のノートを手提げに入れた。

するど、玄関の方から母の声がした。

「わざわざねえ。兄ちゃは今出はったばっかしだあ……、んだがあ。せっかく来はってくれたのにねえ……」

誰かが来ている。しかも自分に。誰だろう。恭平は居間から庭へ下り、玄関の方へと出てみた。家の前に深緑色のジープが停まっていた。玄関からジョージが、その後から青いワンピースの洋子がしおれた様子で出てきた。白い靴下の他は、靴も手に持った小さなバッグも頭のリボンも青い色だ。洋子は絵本で見たことのある西洋の人形のようだった。

恭平の視線を感じたのか、洋子がはっとしたように顔を上げた。玄関横の花色を失った紫陽花の木のそばに佇んでいる恭平を見つけた。

「兄ちゃあー」

洋子は両手を広げて青い蝶のように飛んでくると、飛び上がって恭平の首っ玉にすがりついた。慌てて洋子の身体を抱え、どうするか困り目をうろうろと泳がした。

「あらー、よかったじゃない」

浪子がきた。ジョージも、母も寄ってきた。

恭平はどうしたらよいかわからいでただ焦った。抱えている洋子の身体から熱気と圧力を感じ、シャボンの匂いもした。

「お兄ちゃんにお別れ言いにきたんでしょう」

浪子が助けの言葉をかけた。洋子は恭平から身体を離し、大きな目で下から見上げた。

「兄ちゃ、いつもヨウコと遊んでくれてありがとう……」

「そして、さようならって言うんでしょ」

洋子の頬に涙がぽろぽろっとこぼれ落ちた。

「……バイバイ」

洋子は顎を引き顔の近くに片手を上げ、掴むように手の平を二、三度動かした。

洋子の手は畑道を家まで送る時につないだ手だった。道端の花を摘んでうれしそうに見せてくれたりした手だった。自転車の荷台に立ち、恭平の背中から首に回した手だった。

恭平も「さいなら」と言おうとしたが声が出ない。鼻に熱い息が湧いて、ぐふっと鳴った。目にも熱いものが溢れてきた。恭平はそれを隠そうと後ろを向いた。そして学校に急ぐ振りをして庭に数歩入った。すぐ振り向くと再び「さいなら」と叫けぼうとしたが、やはり声が喉に詰まって出ない。やむなく手提げ袋を頭の上で大きく振った。

その時だった。洋子の頭の青いリボンが青い蝶のように見えた。紫陽花の中に迷い込んだあの白い蝶が、庭の隅の青い淀みで青く染まり、洋子とともにアメリカへ飛び立つ。そう思ったとたん、吹っ切れたように声が出た。「バイバイ！　がんばれなあ、ヨウコちゃあ」

恭平は思い切って洋子に背を向け庭を出た。通学路の桜並木には行かないで遠回りの裏道を歯を食いしばって走った。登校する級友に声をかけられ、べそをかいた顔を見られたくなかったからだ。いや、そうではなかった。洋子と手をつなぎ、兄と妹のように歩いた道を通りたかったのだった。

駄目クロ

「山形の、荒砥の、和男デシタア……。覚エッタケガ?」

遠い郷里を思い起こさせる訛りでの唐突な電話だった。六月の執拗な雨が庭の紫陽花の青い色を一日中洗い続けて、何事もない長い一日が暮れようとしていた時刻だった。


「荒砥の、和男さん?　ですか……」

荒砥は私が少年時代を過ごした山形県の小さな田舎町だ。町村合併で今では白鷹町になっている。それを電話の主は、旧い町名の「荒砥」と言っている。少年の頃の遊び友達だろうと思ったが「和男」という名前の者の顔がすぐには思い浮かばなかった。

「アンダド、小学校の同級生だった、大木茂の弟の和男ダケ」

「ああ」と思い出せた。いや、思い出すなどということをしなくても、兄の茂とは数日前に電話で話をしている。

「ああ、茂さんの弟さんの、和男さダゲガ」

「ウンダッス。和男でデシタア。お久ぶりダナッス」

数日前だった。五十年近くの歳月を経て、思い出すのにも手間取るほどに疎遠になっていた大木茂から、私の元へ見事なサクランボが二箱も送られて来た。懐かしいやら感激やらで興奮してすぐ茂に電話をした。その時のやりとりの中で「弟の和男さも元気ナダガヤ？」と私が訊ねたので、兄からそれを聞いた和男が懐かしがって電話してきたのではないかと思った。

ところが和男は、私がにわかには信じられないようなことを言った。

「電話差し上げたのはナッシ。兄の茂が交通事故で今日の昼過ぎに亡くなったもんで、ご連絡差し上げデンナダッシ」

驚愕した私の上げた声で、近くで本を読んでいた妻が驚いたように顔を上げた。

「交通事故でガッシ……。いやあ、突然だナッシ……、いやあ」

どうして、どうしてそんなことになったのかを聞こうと気は焦ったが、言葉が出てこないで喉に詰まっていた。お悔みの言葉を和男にかけることさえ忘れてしまっていた。

和男は多くの人に連絡を急いでいるのか、茂の交通事故のことは話さないまま、私に葬儀の日取りや場所を手短に伝えた。

「突然でご都合がツカネべガラ、何ガあって山形サお出でになる時があったら線香でも上げにきてくださいナッシ」

そう言って電話を切った。

「なに？　どうしたのよ」

妻が心配して声をかけてきた。

「サクランボを送ってきた田舎の友達が、交通事故で亡くなったそうだ」

「あらー……」

妻は目を大きく見開いて黙ってしまった。妻は昼時のおやつに「これで最後よ」と茂が送ってきたサクランボを皿にもって出していた。「さすが本場のサクランボは美味しさが違うわね」と喜んでいたので「これで最後」という言葉に妻の思いが感じられた。それだけに、その送り主の突然の死を聞いてショックだったようだ。

私は電話を元に戻し、居間のソファに身体を沈めた。窓越しに見える庭の草花は夕闇でその輪郭を失っている。ただ、部屋から漏れる電燈の明かりが届いている紫陽花が、一日中雨に打たれた重い花房をがっくりと垂らしている。そんな紫陽花を見るとはなしに見ながら、私は数日前の茂との会話を思い出していた。

「おれの住所バ、よくわかったナヤ」

父は高校の校長職でよく転勤をした。そのせいで、私は小学校で二回、中学校で二回、高校で一回転校をしている。

荒砥町には小学二年から五年生までいた。茂兄弟はその時の遊び友達だった。が、六年生になると転校した私は茂たちと、その後の交遊も文通すらなくなっていた。

そうした互いの遠のいた関係を一挙に復活させたのは一体何なのか。それが不思議だったので、私はお礼の電話で茂に真っ先に尋ねた。

「恭平サ、詩バ書いてんでしょう。賞バもらったテ、友達ガラ聞いたんダッシ」

私の詩が投稿した詩誌の新人賞佳作に選ばれ、写真とかんたんな経歴がその詩誌に掲載されたのを茂の友人が発見し、茂に教えたのだとわかった。詩誌は全国の詩人が自分たちの会費で発行している。出版社の発行している専門家たちのやたらと難解な詩誌でなく、一般市民の詩の愛好者が支えている詩誌だ。山形にも会員がいるから、その会員の周辺の人から茂に伝わったのだろうと合点がいった。

その後、懐かしさのあまり話は弾みだしたが、遠距離で電話代がかかるからと、茂は長話を遠慮して切ると言い、最後にこう言った。

「こっちサ何かあってゴザッタラ、必ずお寄りくださいなあ」

何か用があって山形に来たら会いにきてくれと言った茂の言葉が、電話を切る際の挨拶以上の意味を持って私の耳の底に蘇ってくるのだった。

茂の訃報に接した日から二カ月ほど経った。山形の姉の末娘が結婚することになり、招待状が届いた。

茂の葬儀には参列できず、弔電を打ち香典を郵送ですましていたので、それを気にしていた私は、すぐ和男にその折に寄りたいとハガキで連絡した。

姪の祝いごとに参列し、その日は姉の所に一泊した。翌日、列車で少年時代を過ごした懐かしい町へと向かった。列車は蒸気機関車ではなくなっており、ディーゼル機関車だった。車内に座っていると懐かしい気持ちが蘇った。特に荒砥に近づくにつれ、車窓を過ぎていく風景が、現在の自分を振り落としながら過去の自分へと同化させていく心地にさせた。

駅からのゆるやかな坂道は舗装された立派な車道と化していた。狭い歩道を上りながら私は気がついていた。何の関係もない坂なら息切れしたであろうが、少年時代に幾度も上り下りした身体の記憶が蘇り、そうした年齢に見合って変化した身体を忘れさせた。

高等学校の官舎があった場所は住宅地に変わっていて、私の記憶にある家屋は皆無だった。周囲を少し歩いたが道で出会う人もなかった。私は期待していた記憶を蘇らす物さえ見つけられないまま茂の家に向かった。

農家ぜんとした木造づくりで貧相だった家は、モルタル造りの洒落た家屋になっていた。広い敷地に二階建ての大きな住宅と大きな農具や車が入った作業倉庫が並立している。茂は農業で成功したようだ。

真新しい金色の金具が多い大きな仏壇の横に茂の遺影が笑っていた。頭髪や顔の造形は私の記憶の中の茂ではなかった。だが、豪快に笑っているところだけは記憶に重なった。

和男と茂の長男夫妻と孫二人が座って私が仏壇に線香を上げるのを見守った。男の子の顔が茂と似ていた。それを言うと「爺ちゃんのキカナイドコバッカリニテンナダ」と和男が笑って言った。

しばらく談笑した後に、長男家族のお供を断って和男と茂の墓にお参りをした。そして、まだ帰途につく乗車時間までに間があったので、私たちが遊び場所にしていた神社を訪れることにした。

神社は茂が眠る寺近くの小高い丘にあった。記憶にはない新しい石段を上った。駅から坂を上がる時と違って息が切れ、身体が汗ばむのを感じた。

記憶にある神社の石段はこんなに急ではなく、もっと緩やかだった。コンクリートではなく自然石で階段がつくられていた。新しい人工物は初老の身体には合わない。

「階段、変わったな」

「変わったはあ。おらだが遊んでだ頃のものでそのままで残ってんのナンボもないもの」

和男の言う通りだった。

石段の横の赤い鳥居の列とコンクリートの大鳥居、社を囲む杉の大木や二対の狐の石像など、神社で微かに見覚えのあるものと言えばそういうものに限られた。しかも、そうしたものすら記憶にあるものよりひどく小さく感じられる。あの頃は鳥居も狐も大きく、真に迫った感じだった。

上り切った石段の上から振り返って大鳥居の向こう側を見ると、もう初めて見る風景の様だった。五十年近くの時の流れが風景さえも押し流してしまっている。

「ここからの景色もすっかり変わってしまったなあ」

「ンダナ。おれもたまにしか来ねゲンド、来るたんび変ってンモナ」

「茂さの事故はあの道路で?」

「んだ、あのパイパスでだな。サクランボの時期で佐藤錦ば狙った泥棒出ダリデ夜も寝でねガッタサゲ疲れでいだんだべな。急に道路サ出てきた年寄りバ避ゲッカド思って急ハンドル切ったヨウダモナ」

「それで電柱に。大した災難だったなや」

「雨も降ってデ、見通し悪リガッタガラ。買い物のばんちゃも新し道路で慣れデ居ナガッタベシヨ、運が悪リガッタンダ。そう思うしかネエナ」

そう言えば、和男から電話があった日は東京も雨が降り続いた日だった。

「その後にヨ、あそこサ信号ついたガラナ。何でも車通すことが先で、人間様のことは後ガラダガラ。事故でも起きネド、役所は動ガネガラ」

まったくだ。都市部も地方も車優先で人間は後回しという和男の言い分は頷けた。

二人は階段の近くのベンチに並んで腰を下ろした。眼下に大きなスーパーがあり、駐車場が広い道路に接している。スーパーに買い物に来た人たちなのか、信号待ちして数人立っている。あの信号機が最初からあったら、茂の交通事故は避けられたかもしれない。

サクランボ農園を手広く経営してがんばっていたという茂の死を、周囲の者は信じられない気持ちで今もいるようだ。それにもまして、私には事故の話をリアルに聞いても茂の死に現実感がなかった。墓参りしてもそれは変わらなかった。茂の死に直面した者たちにさえ信じられないのだ。茂が記憶の中で少年のまま生きている自分には、無理もないことだと思った。

それにしても目の前に広がる風景は、少年の頃、茂と走り回っていたものではなかった。

「もうここから見ても昔の面影はないな。あのスーパーのある辺りに社宅があって、そばに空き地あったよな。あそこでよく皆して遊んだなあ」

「ンだけなあ。あそこで三人してよく遊んだのバ覚えでる」

二人の視線が目の前の風景のはるか彼方にある懐かしい記憶の風景へと向かいだした。

「ああそうだ。和男サ覚えテッカナ。犬の駄目クロ。あの犬騒動のこと」

「駄目クロなあっ、あれなっ、覚エッタケ。あれはヨ、なんだがヨッ、ずうっと忘れランニェクテナア」

「おれも、おれもだ。あれはなんだか忘れられなくてねえ。テレビで犬のニュースナ聞くド、必ず思い出すんダア」

もう記憶にしかない空き地で起きた少年の頃の出来事が、二人の脳裏にまるで古い映画が写し出されるように蘇り始めた。

頭のてっぺんで真夏の太陽がひどく熱い。周りの家も、塀も、木も、草も大気に溶けて全てが白茶けている。道の小石や砂粒さえも鈍い銀色の中で焦げて黒く翳り、ざらざらとした熱射を放つている。むうっとする空気が地表から押し寄せてくる。

家から駆けてきた恭平の身体のそこここから汗が噴き出してきていた。

「地獄だヤ、地獄だヤ」

恭平は呟きながら神社へと急いだ。

コンクリートの大きな鳥居を通り抜け、石段の急斜面を一気に登り切って社に着いた。杉の大木に囲まれたここはひんやりとした空気が漂う。蝉がうるさくがなり立ててはいるが、駆けてきた畑道に比べればここは天国のような涼しさだ。

「隠れてンナダベ。バレテンナダゾ。出ハッテ来いチャ」

恭平は社の前の広場の中央から周囲に大声で怒鳴った。

ここには遊びに誘った茂と和男の兄弟が先にきているはずなのだ。見当たらないのは二人が隠れているからだ。杉の太い幹の暗い陰。左右に並ぶ狐の石像の怪しい後方。小さな社のがらんどうの縁の下。でも、どこからもいつもの忍び笑いも、猫の鳴き真似もしてこない。茂と和男の隠れている気配がしてこない。

「悪いけな。お昼ば食べだらなあ」

茂たちが恭平を誘いにきた時は母と昼食をとっていた。二人は食卓の上の食事を縁側越しに珍しげに眺めてから「神社で待ってっから」と言って庭から出て行った。それなのに二人がいない。

「茂ダ、ドゴサ行ったナダベ？」

急いで昼食をすませ、くそ暑い中を走ってやってきたのに。なんだよう。恭平の喉の奥で失望の言葉が漏れた。

二人がいないとわかると、この妙に薄暗い神社に一人でいるのは気味が悪い。油蝉のジージーという暑苦しい鳴き声が、神社を取り巻く杉の大木に反響して耳の鼓膜を焼く。狐の石像が金色の目で獲物を狙うように睨みつけてくる。口に擦りつけられた赤ペンキがネズミを噛み殺したばかりのように妙に生々しい。社の格子の向こうの暗がりから得体のしれない怪物がじっとこちらを窺っているような怪しい感じさえしだした。

「ドゴサ行ったナダベナア」

恭平は途方にくれたように呟き、ふっと息を吐き出した。とにかく二人を探すしかない。ここで待つなんてまっぴらだ。恭平は石段ではなく赤い鳥居の列を身を屈め、鳥居の柱を一本一本手で叩きながら下った。そんな一人遊びでもしないとなんのために神社の坂を上ったかわからない気がしたからだった。

最後の鳥居を叩いてコンクリートの大鳥居の所まで下りてきた時、恭平は茂たちといつも遊んでいる社宅の横の空き地を思い出した。だが、今日は太陽が空で狂ったように熱を放っている。それを遮る木さえも無い空き地で二人は遊んでいるだろうか？

そう考えたが、とりあえず行って見ることにした。

太陽を避けて栗林が続く畑道を通った。空き地に隣接する栗林を潜り抜け、空き地との境界になっているガサ藪の崖を降りようとして恭平は「あれ？」と立ち止まった。栗畑の小さな番小屋の前に子どもたちの姿が見えたからだ。茂兄弟ではない。男女数人いる。

「だれだべ？」

無造作に伸びたススキを掻きわけ、身体を屈めながら番小屋に近づいた。白いシャツに紺の半ズボン白いズック靴が見えた。社宅の子だとすぐにわかった。

「あ、純一だ！　佳代子も。それに敏子」

思いがけず学校で同じクラスの三人がいた。一体何をしているのか？　恭平は目を凝らした。

犬だ。犬だベチャ。

喉の奥で叫び声がした。

しゃがみ込んだ佳代子と敏子の前に茶色の犬がいて、何かをしきりに食べている。そばに立っていた純一が腕時計を見ながら叫んだ。

「遅れちゃう。もう行こう。行くよ」

純一は畑道を駆け出して行った。

敏子がぱっと立ち上がって後を追い始める。佳代子も犬の頭を撫でると赤いスカートを翻して駆け出して行った。白い足に赤いズック靴が恭平の目の底でどきっと跳ねた。佳代子の言動でよくこうなる。

三人が駆け去った番小屋にゆっくり近づくと、アルミの皿に顔を突っ込んでいた犬が、恐れる様子も見せず下から胡散くさそうに恭平を見た。感じ悪いと思ったが、唸ったりしないから大人しい性格なのだろう。犬が顔を突っ込んでいるアルミの皿は純一たちが持ってきたものに違いない。

白い紐で番小屋の柱に繋いである。青紫の布を手で編んでつくった首輪は、ちゃんとした飼犬がつける様なものではない。敏子か佳代子の手作りのようだ。

「あいつら、野良犬バ、ここでこっそり飼ってんダナ」

真夏の太陽に晒されてげんなりした梅の木の緑の向こうに、高いコンクリート塀に囲まれた紡績工場の真新しい二階建ての社宅が三棟並んで白い壁を光らせている。東京の本社からきた工場のお偉いさんたちの住む社宅だと地元の者は羨望の目で見ている。学校ではその社宅から通う子どもたちを社宅者と呼んで、自分たちとは隔たった存在視していた。

三人はその社宅者だ。同じ手提げを持っていたから、きっとピアノの稽古だろう。梅畑を挟んで社宅と反対側の外れに高校の音楽教師だった女の人が住んでいてピアノを教えている。恭平の姉もそこで習っていて、同じ手提げを持っているから間違いない。いつもなら学校が終わって帰宅した夕方に行くのだが、夏休みだから昼間稽古に行っている様だ。その途中で三人はこの犬に餌をやっていたのだなと思った。

しばらく犬を見て、茂たちを探していたことを思い出し、駆けて空き地へ降りるガサ藪の抜道へ戻り、ずるずると滑り降りて空き地へと出た。

「あ、いだあ」

数メートル先に茂と和男が坊主頭のでこぼこをつくって並んで立っている。帽子も被らず相変らずのだらしない格好だ。

恭平は短い自分の影が黒く焼け焦げている地面をこっそり踏み締めながら近づいた。

「約束ば違えたのはこいつらださけな。心臓が音をたでで止まるほどぶったまげてもおら知らねちゃ」

不意に驚かすつもりで近づいて、茂たちがいつもと違う雰囲気に気がついた。これではずかずかと足音をたてて近づいても気づかないのではないかと思うほど、二人は緊張して同じ方向を見つめている。何事かと茂たちの視線の先を辿るとそこに黒い犬がいた。

「あ、駄目クロだちゃあ」

犬は黒く、細い図体を太陽のぎらぎらを白く跳ね返す社宅のコンクリートの塀に擦りつけて、落ち着かない様子で右に歩いたかと思うと左に踵を返した。

二人の見知らぬ男が左右から犬に近づいていく。不意に首に手拭いを巻いた小太りの右側の男が棍棒を振り上げて犬を威嚇した。

犬は鰻のような尻尾を股に挟み、地面に擦りつける様に首を下げると、悲鳴のような唸り声をあげながら猛然と男たちの間を駆け抜け、頭から身体を空中に捻り上げるように浮かせると、どどうっと土埃が渦巻く地べたに横倒しになった。犬の首に太い針金の輪が鋭く食い込んでぎらっと光った。赤い布紐の首輪が一瞬血を噴き出した様に見えた。犬が二人の男の間を駆け抜ける瞬間に、左側の丸首シャツに菜っ葉ズボンのがっしりとした男が輪になった針金を素早く犬の首に引っかけたのだ。犬はもがき、悲鳴を上げながら首を締め上げられ、棍棒で身体を押さえられている。

目の底で熱い砂が飛び散り、地面からゆらゆらと立ち上る空気が目眩のようなくらくらを感じさせる。

社宅の塀の白い画面で黒い影絵となった二人の男が悲鳴に似た鳴き声をあげ、砥の粉を吹いたような地面に足を踏ん張る犬をズルズルと引き摺っていく。

塀の横に止められたオート三輪車の陰に引き摺り込むと、すぐ肉を殴る鈍い音が聞こえた。

「うぐうっ」

耳のそばで茂の喉が苦しげに鳴った。

抵抗を押さえられ、撲殺された犬がオート三輪の荷台に物のように投げ込まれゴザがかけられた。気づかなかったが、オート三輪の横で見いていた大人がいた。

「いやあ、ご苦労さま。少ないですがお礼です」

そう言いながら二人の男に茶封筒を渡した。

「あ、いやあ。すまねこったなすっう」

へこへこお辞儀をする二人の男。オート三輪の横で見ていた人は、どうやら社宅の世話人のようだ。

「これで子どもらも安心して遊べます」

恭平は自分が沼の底に沈んでいて、大人たちの声が水面の上から響いている様だった。それほど現実離れした会話に聞こえた。

やがて土煙をあげてオート三輪車が走り去り、社宅の世話人も白い塀の隅から社宅の敷地へと逃げるように姿を消した。

恭平はまた唸り声を聞いてそばに立つ茂を見た。陽に焼かれ粟粒のように皮膚が剥がれた跡のある横顔をするすると涙が滑り落ちた。

「はっ」と胸を突かれたが、茂のことよりも自分のことで精一杯だった。口が渇き、唾が喉でつっかかって飲み込めず、くらくらして立っていられない。頭上でじりじりと狂っている太陽から逃れなければ倒れてしまいそうだ。だが砂が白く、蒸発しそうな広場には逃げ場はない。

後ろを見るとガサ藪の抜道が黒く口を開けている。とりあえずの逃げ場所が見つかった。

恭平はガサ薮の抜道の暗い翳りに力無く腰をおろした。

和男も後に続いて入ってきた。続いて茂も眩しい社宅の塀の白い光を遮るようにして、のっそりと薮の暗がりへ入り込んできて恭平の横に両足を抱えて座った。

ゴム草履が捻じれて元に戻る時にぱちんと土を弾いた。

「チクショウ！」

抑え切れない怒りを茂は唾のように吐き出した。

和男が兄の悲しみが憤怒に変化していくのに共鳴して口を尖らした。

「なして駄目クロば殺したなだべ。あだな大人しい犬、殺すごどねべによっ」

両手で掻き集めた土を薮に叩きつけた。

駄目クロは夏休みの少し前あたりから空き地の周りをうろつき始めた。どこかで飼われていたのが歳をとり、何かで運ばれて捨てられ、さ迷ってこの空き地にきたんだろうと皆で喋り合っていた。

駄目クロは後足で立つと幼い子どもほど図体が大きく、毛色が黒っぽいので遠目には怖そうに見える。ところがどんな人間にもまるで警戒心がなく、とりわけ子どもが好きだった。毛のない細く長い尻尾をふるるふるるると腰のあたりから振って近づいてくる。だらしなく垂れた大きな耳、丸くぎょろっとした愛嬌のある目を見て笑わない者はいない。

「こいつ、泥棒にも吠えねがらはあ捨てらっちゃなだべ。駄目犬だべちゃあ」

茂はこの駄目犬を黒ずんだ皮膚から「駄目クロ」と呼んでとりわけかわいがっていた。空き地で遊ぶ子どもたちが、食べ物を家から大人たちに見つからないように運んできては食べさせていた。

空き地で遊んでいる子どもたちは駄目クロを自分たちの犬とし、野良犬だなどと誰も思っていなかった。茂兄弟は、運動会で使う赤い鉢巻を二本縒って紐をつくり、駄目クロの首輪にしていた。

日が暮れて薄暗くなった空き地で駄目クロと二人が戯れているのを、算盤教室から自転車で帰る土手道から遠く見ることがよくあった。皆が稽古ごとがあったり、夕飯で呼ばれて帰った後の広場で、父母の帰りが遅い茂と和男の兄弟は暗くなるまで駄目クロと遊んでいたのだ。

「社宅の奴らが何が喋ったなだなっ」

茂の声が掠れて低い。

「あっ、こなえだあったごどば喋って騒いだがらでねがあ」

和男の顔がひょっとこ面になる。

夏休みに入る直前、駄目クロは事件を起こしていた。社宅の子に親愛の情を込めて抱きついてしまったのだ。

誰にでもやることで恭平もやられたことがあった。おちんちんをおっ立てた駄目クロが不意に抱きつき、脚に股を押しつけて激しく腰を振ったのだ。

「なにすんなだ！　この馬鹿！」

駄目クロは恭平に突き飛ばされた。

だが、今回の相手はそうはできなかったのだ。駄目クロに抱きつかれた社宅の子は、怯えて火がついたように泣き出し、周りの子どもたちもわっと逃げ散った。

気がついた茂たちが、

「なにすんなだ。このスケベ犬！」

と引き離した。

駄目クロは喜んで遊び相手を変え、茂たちに抱きつこうと追い回した。

「やんだ。やんだ。おめなんかどやれっかよう！」

逃げ回って茂たちは遊んだのだった。

駄目クロの最期はこの事件とつながっていると三人は思った。

野犬がそここの町や村で事件を起こしていた。教師や母からも狂犬病の恐ろしい話と野犬の恐ろしさを聞いて知っていた。

社宅の親たちが子どもに飛びついた犬が空き地にいると聞き、噛みつかれることを恐れたのだ。駄目クロがそんな犬ではないことも知らないで、野犬狩りの男たちを呼んだのだ。社宅の世話人らしい人がいたのはそれでだと恭平は思った。

藪の暗がりから見る塀に囲まれた二階建ての洒落た社宅が白く眩しい。この町で東京から社員がくる会社はこの社宅を持つ紡績会社だけしかない。町の大人たちは紡績工場に雇われたり商売したりで、工場の偉い役職の人が住む社宅にへこへこする。

「上品ぶってこどな」

などと陰で嫉妬めいた悪口言っているくせにだ。

ぎょろ目を白く剥き出して、茂が社宅の方を睨めつけている。膝を抱えた茂のゴム草履からはみだした足の指が地面に食い込んで震えている。

顔や胸から汗が噴き出し、ズックの底がぬるぬるしてきた。蒸し風呂のような暑さに耐えながら、三人は藪の暗がりで理解し難い怨念に似た思いを共有して押し黙った泥団子になって固まっていた。

「純一だがよ、野良ば飼ってんぞ。」

恭平が神社から空き地へ来る途中で見たことを思い出してつい口にした。

「嘘だべ！」

茂がたまげた顔をした。

「本当だがあっ！」

和男も身体を起こした。

「本当だ。ここさくる時この上の番小屋の所で見だんだ」

がばっと四つん這いになった茂が、血相を変え剥き出した眼を向けた。そして恭平を押し退け、土を両手で引っ掻いて薮の抜道を駆け登った。

後を追って崖を登りながら恭平は不安を感じた。喋ってよがったなだべか？ 胸の中で呟いていた。

茂は番小屋の前のススキの繁みの前でしゃがんでいた。追いついた二人に押し殺したような声で言った。

「あれ、野良犬だべちゃ。ちゃんとした首輪でねえもの、間違いなぐ野良犬だ。駄目クロ殺らっちゃみでによう、おらだもあの犬ば殺っかあ。野犬狩りば、おらだもやんべよ」

「面白れー。やんべちゃ、やんべちゃ」

和男が顔をくしゃくしゃにして笑った。

恭平の不安が増した。さっきの野犬狩りで怒り興奮した茂が、本気であの犬をぶっ叩くような気がしたからだ。茂が社宅を睨んだ時の目を思い出していた。

三人は番小屋の裏に回った。犬がよく見える。駄目クロの半分ほどもない身体を番小屋のわずかな日陰に投げだし、はあはあしながら忙しく腹を波打たせて寝そべっている。そばでアルミの皿が銀色に鈍く光っている。

恭平は不思議と興奮を覚えた。野犬狩りの男たちの仕草が目に浮かび胸がどきどきし始めた。男たちに引き摺られていく駄目クロの哀れな姿はどこかへ消えてしまっていた。

茂が番小屋のそばに積んであった梅の枝から太いものを選んで手にした。恭平たちもそれぞれで選んで手に持った。鼻の穴を膨らまして和男が言った。

「野犬狩りの始まりだなや。」

異様な気持ちの高ぶりに揺さぶられながら三人は犬の方に少しずつ近寄った。犬は恭平たちに気がつくと、立ち上がり警戒する様子もなく短い尻尾を激しく振った。駄目クロと同じだった。少しの警戒心もない。

犬の背は茶色だが腹から足の方は白く、耳は顔の横でちょこんと立っている。目が黒くかわいらしい。佳代子が頭を撫でていたのがわかるような気がした。

三人は拍子抜けした。

怯えて唸ったり吠えかかったりしてくれたら面白かったのにと、自分たちの顔の火照りや心臓のどきどきが次第に収まり、興奮が萎えていくのを悔しがった。

紐を解いても同じだった。逃げるどころか和男の足元に擦り寄った。

「なんだこだな犬が、糞チビっ」

拍子抜けさせられて自分たちの遊びができない腹立ちか、和男が足で犬の横腹を蹴った。不意に蹴られて横倒しになった犬は跳ね起きると、唸り声を上げて和男の足を襲った。誰もが思ってもいない反撃だった。

和男は悲鳴を上げて尻餅をついた。

「ああっ。このヤロめっ」

茂が力まかせに犬の背中に棒を振り下ろした。ぎゃううと悲鳴をあげて和男から離れた犬が恭平の方に走ってきた。

犬の見たこともない目の色と開けた口に並ぶ牙を見て恭平は動転した。

「狂犬だ！」

戦慄が頭の中を駆け抜け、反射的に棒で犬の顔を払いのけた。ぐしゃっという衝撃が棒を伝わって手から腕に感じた。

倒れ込んだ犬はもがくように起き上がり、よろけながらススキの茂みに逃げ去った。

それまで聞こえていなかった和男の泣き声が聞こえた。

「和、大丈夫だがあ？」

二人は尻餅のまま足を押さえて泣き喚いている和男に駆け寄った。手をどけると血のついた足首に赤黒い小さな穴が数個開いていたが、思ったほどの血は出ていなかった。

母から聞いていた犬の牙についたばい菌でなる、狂犬病という恐ろしい知識が恭平の頭の中を慌てふためいてかけ巡った。

「医者さ連れて行くべ」

「医者さあ？　行くごどなどね。たいした傷でもねえしよ」

茂がこんなの大したことはないと拒んだ。

「んじゃばおれの家さ行くべ」

母に話して消毒してもらおう、恭平はとっさにそう思ったからだった。

「狂犬病があっから消毒しねど。なっ」

恭平の説得に茂はようやく頷くと、弟を同級生とは思えないがっしりとした背におんぶした。

四人が番小屋から畑道を歩き出した時、佳代子たちが笑い声を上げながら走ってきた。ピアノの稽古を終え、これから犬と遊んでから社宅へ帰ろうと、はしゃいでやってきたようだ。

三人は恭平たちを見つけると驚いたように足を止めた。

「純一！　オメの犬、和の足ば噛んだぞ。狂犬病になったらオメのせいだぞっ」

背中でまだ泣いている弟の血のついた足を身体を横に捻って、純一の目の前に突き出した。三人は立ちすくみ、空気を吐き出すのを忘れたように口を開けて呆然とした。

「おれな、棒で叩いだげんど逃げだ。また誰がば噛むかも知んねぞ。探して野犬狩りに殺してもらうよに社宅の大人に頼めちゃ」

茂が駄目クロを殺された憎しみを純一たちに吐き浴びせている。

茂、言い過ぎだ、駄目クロば殺したな純一だでねえべ！　そごまで純一だば脅がさねたていいべ。口から出てこない声が喉の奥で叫んでいた。

佳代子の大きな瞳が強張ってさらに開き、額のカールした髪が揺らいだ。手に持った御稽古袋が胸まで持ち上げられて震えている。

「茂う、早ぐ行くべ」

恭平は早くこの場を離れたかった。

ひょっとしてあの犬は純一の犬ではないのかもしれない。ふと、青紫の布で編んだ首輪が頭に浮かんだ。

あっ！　あれは佳代子が作った首輪ではないのか？　茂たちは純一がこっそり飼っている犬だと決めつけているが……。

恭平は二人にあの犬のことを話したことの重大さに怯え始めた。

「早ぐう！」

恭平は走り出した。

なしてこだなごどになってしまったんだ。喋んじゃなかった、喋んじゃなかった。

後悔の言葉が頭の中をぐるぐる空しく巡っていた。

佳代子が母親に伴われて恭平の家を訪ねてきた。長い夏の太陽がようやく山蔭に墜ち広がり始め、薄闇を細かく砕くようにカナカナゼミが鳴き始めたころだった。

玄関口に立った佳代子の泣きはらした顔を見た時から恭平は下ばかり向いていた。

「この子が捨て犬を飼いたいと言ったんですが、社宅では飼えませんので。それであんな所でこっそり餌をやっていたようなんです。ご迷惑をおかけしました。」

「子どものことですから。怪我もたいしたこともなかったですから」

「悪い子なんですのよ、この子は。犬に食べさせる食物をこっそり持ち出していたり。

和男さんを怪我させたことだって、つい先程なんですのよ、白状したのは」

「佳代子ちゃは悪い子でなんかないですよ。かえってやさしいがら犬ば放っておけなかったんだべなあ。めんごがっていだ犬ば、恭平だにあげなごとされてしまって。もごさい思いしたけなはあ」

佳代子にかけた母の言葉がぐりりと胸をえぐった。かわいがっていた駄目クロを殺された時の自分たちと同じ思いを、佳代子にさせてしまったことに気がついたからだ。

茂の家を知らないという佳代子たちを恭平が案内した。佳代子たちの前を歩きながら、広がり始めた夏の冷めない薄闇の中、カナカナゼミが鳴くのが妙に物悲しく聞こえていた。

工事現場へ出ている茂の父母はまだ帰宅していなかった。

祖母が裸電球に照らされた土間の上がり口に座った。そばに白い包帯の足を投げ出して和男が座り、その横に茂が大きな身体を窮屈そうに曲げて正座した。

「ごめんなさい。怪我させてごめんなさい」　佳代子が泣きながら和男に頭を下げて謝った。

茂の身体が小さく小さく縮んだ。和男の頬に涙がどっと滑り落ちた。恭平の眼の奥から熱いものが吹き上がり喉で自分の声が詰まって渦巻いた。

なしてなしてあだな真似したんだべ。ただ佳代子ちゃばいじめるだけだったんだ。大人の真似ばして野犬狩りだなて面しぇ半分で。佳代子ちゃの犬ばよう。

「悪ぐね。佳代子ちゃはなんも悪ぐね！　おらだがあの犬ばかまったがらだあ。うんださげ噛まれたんだあ」

茂が声を絞りだして言った。

「うんだよ。かまわねば犬噛むわけね。おめだが悪いんださげな。おめだが謝んねばなんねなだべっ！」

茂のばんちゃが言った。

「うんだけ。おら犬ば蹴ったがら噛まっじゃなだ。佳代子ちゃ、ごめんな」

和男が泣きながら叫んだ。

「んだあ、おらだが悪いなだっ！」

茂も恭平も叫んでいた。

夏休みが終わり学校が始まったのにその日が佳代子との別れの日だった。

父親が関西にある工場の方へ栄転することになり、佳代子は皆と涙の別れをして学校を去っていった。

ふと現実に引き戻された恭平の耳にヒグラシのカナカナカナという鳴き声が聞こえていた。神社を囲む木々のどこかで鳴き出したらしい。そう言えば、佳代子が母親に連れられて恭平の家を訪ねてきた時にもヒグラシが鳴いていた。

佳代子は今どうしているだろうか？

その時、恭平は茂が突然サクランボを送ってきたことの意味がわかったような気がした。

「茂もよ、おれだどココさ来てだら、やっぱし駄目クロの話になったべなあ」

すでに今はない風景の中、懐かしくさ迷い語らい終えた二人は、穏やかな顔を見合わせた。夏の終わりの空に太陽が西に傾いて力なく輝き、心なしか雲も筋状に広がり秋の気配を漂わせている。

「茂は天国で駄目クロと出会って、子どもの頃みたいに遊んでいるかもしれないなあ」

遠く空の彼方を見ながら言った。

茂が駄目クロと戯れているのが本当に見える様な気がしていた。

「そいずはいいなあ。そいずはいい」

和男は何度も頷いた。

あとがき

敗戦からまだそう時間が経過していない、東北（山形）の小さな町で過ごした私の少年時代。老齢となるに従い、不思議と鮮明に蘇ってくる記憶を辿りながら書いた作品たちです。

いま、「人間じまい」を始めていると、少年時代は人生の中で最も輝いていた時期であったとつくづく感じます。もちろん、少年時代は自分だけでは食って生きてはいけません。大人（親）の言うことを守って日々の生活を送るしかないのですが、自立した青年期から壮年期よりも自分の為すべきことを自分で選択する自由度は、はるかに高かったと思います。そのためでしょう、少年の日々が輝いて感じられるのです。

何しろ、「衣」「食」「住」を確保する「生産労働」は親がしてくれていて、子どもはそうした「労働」をしないで、自分が人として快適に感じられる「もの」や「こと」を太陽が空に輝いている間中為して（遊んで）いられたのですから幸福だったのです。

私たちの少年時代と比較して現代の子どもたちは、少しも輝いて見えません。「衣」「食」「住」は敗戦後の私たちより、はるかに豊かで進化したものとなっています。太陽が空から姿を隠しても、満月でなくても、人口の照明の中でいつまでも為したいことを為せるのです。

それなのに、少年少女たちの多くが少しも輝いているように見えないのです。毎日の日々で生きている自分は偽りの自分で、本当の自分ではないと感じているように見えます。これは不幸な現象だと私は考えています。この現象を終わりにし、これが自分だと青い空のもとで為したいことを為せるようになるのか。

そんな憂いを持つたびに、己の少年時代を「おしょうしな、少年の日々よ」と両腕に抱きしめたくなるのです。

そうした私の感傷に共感して下さり、一冊の本にして下さった東銀座出版社の猪瀬盛さん。おしょうしな。

宍戸　ひろゆき（ししど　ひろゆき）

1941 年　山形県で生まれる。
1960 年　千葉大学教育学部に進学。
1964 年　卒業。船橋市で教職に就く。船橋市の小学校６校で勤務。
2002 年　退職。山梨県側の八ヶ岳山麓へ移住。ペンション・ギャラリー開設と「詩人宣言」執筆活動を始め、現在に至る。

主な著書
小説
『少年の日々』（清風舎）『虹の海まで』（清風舎）
『そこの青い花』（合同出版）

詩集
『鳩ぽろぽろ』（詩人会議出版）

『おしょうしな、少年の日々よ』

2025 年 4 月 12 日　第 1 刷発行 ©

著 者　宍戸　ひろゆき
発 行　東銀座出版社
〒 171-0014　東京都豊島区池袋 3-51-5-B101
TEL：03-6256-8918　FAX：03-6256-8919
https://www.higasiginza.jp

印 刷　モリモト印刷株式会社